Pájaros en la boca

SAMANTA
SCHWEBLIN

Pájaros en la boca

RANDOM HOUSE

El papel utilizado para la impresión de este libro ha sido fabricado a partir de madera procedente de bosques y plantaciones gestionadas con los más altos estándares ambientales, garantizando una explotación de los recursos sostenible con el medio ambiente y beneficiosa para las personas.

Pájaros en la boca

Primera edición en Argentina con esta portada: octubre, 2025
Primera edición en México: diciembre, 2025

penguinlibros.com

ISBN: 978-607-385-100-8

Impreso en México – *Printed in Mexico*

ÍNDICE

IRMAN

Oliver manejaba. Yo tenía tanta sed que empezaba a sentirme mareado. El parador que encontramos estaba vacío. Era un bar amplio, como todo en el campo. Las mesas estaban llenas de migas y de botellas y parecía que un batallón hubiera almorzado hace un momento y todavía no hubieran hecho tiempo a limpiar. Elegimos un lugar junto a la ventana, cerca de un ventilador encendido del que no llegaban noticias. Necesitaba tomar algo con urgencia, se lo dije a Oliver. Él sacó un menú de otra mesa y leyó en voz alta las opciones que le parecieron interesantes. Un hombre apareció atrás de la cortina de plástico. Era muy petiso. Tenía un delantal atado a la cintura y un trapo rejilla oscuro de mugre le colgaba del brazo. Aunque parecía el mozo, se lo veía desorientado, daba la sensación de que alguien lo hubiera puesto ahí repentinamente y ahora él no supiera muy bien qué debía hacer. Caminó hasta nosotros. Saludamos; él asintió. Oliver pidió las bebidas y le hizo un chiste sobre el calor, pero no logró que el tipo abriera la boca. Pensé que si elegíamos algo sencillo le hacíamos un favor, así que le pregunté si había algún plato del día, algo fresco y rápido, y él dijo que sí y se retiró, como si algo fresco y rápido fuese una opción del menú y no hubiese nada más que decir. Regresó a la cocina y vimos su cabeza aparecer y desaparecer en las ventanas que daban al mostrador. Miré a Oliver, sonreía; yo tenía demasiada sed para reírme. Pasó un rato, mucho más tiempo del que lleva elegir dos botellas frías de cualquier cosa y traerlas hasta la mesa, y al fin otra vez el hombre apareció. No traía nada, ni un vaso. Me sentí pésimo, pensé que si no tomaba algo ya mismo iba a volverme loco, ¿y qué le pasaba al tipo? ¿Cuál era la duda? Se paró junto a la mesa. Tenía gotas en la frente y aureolas en la remera, bajo las axilas. Hizo un gesto con la mano, confuso, como si fuera a dar alguna explicación, pero se interrumpió. Le pregunté qué pasaba, supongo que en un tono un poco violento. Entonces se volvió hacia la cocina, y después, esquivo, dijo:

–Es que no llego a la heladera.

Miré a Oliver. Oliver no pudo contener la risa y eso me puso de peor humor.

–¿Cómo que no llega a la heladera? ¿Y cómo mierda atiende a la gente?

–Es que… –se limpió la frente con el trapo. El tipo era un desastre– mi mujer es la que agarra las cosas de la heladera.

–¿Y…? –tuve ganas de pegarle.

–Que está en el piso. Se cayó y está…

–¿Cómo que en el piso? –lo interrumpió Oliver.

–Y, no sé. No sé –repitió levantando los hombros, las palmas de las manos hacia arriba.

–¿Dónde está? –dijo Oliver.

El tipo señaló la cocina. Yo solo quería algo fresco y ver a Oliver incorporarse acabó con todas mis esperanzas.

–¿Dónde? –volvió a preguntar Oliver.

El tipo señaló otra vez la cocina y Oliver se alejó en esa dirección, volviéndose una que otra vez hacia nosotros, como desconfiando. Fue extraño verlo desaparecer detrás de la cortina, quedarme solo, frente a frente con semejante imbécil.

Tuve que esquivarlo para poder pasar cuando Oliver me llamó desde la otra punta. Caminé despacio porque preví que algo estaba pasando. Corrí la cortina y me asomé. La cocina era chica y estaba repleta de cacerolas, sartenes, platos y cosas apiladas sobre estanterías o colgadas. Tirada en el suelo, a unos metros de la pared, la mujer parecía una bestia marina dejada por la marea. Aferraba en la mano izquierda un cucharón de plástico. La heladera colgaba más arriba, a la altura de las alacenas. Era una de esas heladeras de quiosco, de puertas transparentes que van sobre el piso y se abren desde arriba, solo que esta había sido ridículamente amurada a la pared con ménsulas, siguiendo la línea de las alacenas y con las puertas hacia el frente. Oliver me miraba.

–Bueno –le dije–, ya viniste hasta acá, ahora hacé algo.

Escuché que la cortina de plástico se movía y el hombre se paró junto a mí. Era mucho más petiso de lo que parecía. Creo que yo casi le llevaba tres cabezas. Oliver se había agachado junto al cuerpo pero no se animaba a tocarlo. Pensé que la gorda podía despertarse en cualquier momento y ponerse a gritar. Le corrió los pelos de la cara. Tenía los ojos cerrados.

–Ayúdenme a darla vuelta –dijo Oliver.

El tipo ni pestañeó. Me acerqué y me agaché del otro lado, pero apenas pudimos moverla.

–¿No va a ayudar? –le pregunté.

–Me da impresión –dijo el desgraciado–, está muerta.

Soltamos inmediatamente a la gorda y nos quedamos mirándola.

–¿Cómo que muerta? ¿Por qué no dijo que estaba muerta?

–No estoy seguro, me da la impresión.

–Dijo que «le da impresión» –dijo Oliver–, no que «le da la impresión».

–Me da impresión que me dé la impresión.

Oliver me miró, su cara decía algo así como «Yo a este lo cago a trompadas».

Me agaché y busqué el pulso en la mano del cucharón. Cuando Oliver se cansó de esperarme puso sus dedos frente a la nariz y la boca de la mujer y dijo:

–Esta está muertísima. Vámonos.

Y entonces sí, el tipo se desesperó.

–¿Cómo irse? No, por favor. No puedo solo con ella.

Oliver abrió la heladera, sacó dos gaseosas, me dio una y salió de la cocina puteando. Lo seguí. Abrí mi botella y creí que el pico no iba a llegar nunca a mi boca. Me había olvidado de la sed que tenía.

–¿Y? ¿Qué te parece? –dijo Oliver. Respiré aliviado. De pronto me sentí con diez años menos y de mejor humor–, ¿se cayó o la bajó?

Todavía estábamos cerca del tipo y Oliver no bajaba la voz.

–No creo que haya sido él –dije en voz baja–, la necesita para llegar a la heladera, ¿o no?

–Llega solo…

–¿Realmente creés que la mató?

–Puede usar una escalera, subirse a la mesa, tiene cincuenta sillas de bar… –dijo señalando alrededor.

Me pareció que hablaba alto a propósito así que bajé más la voz:

–Quizá sí es un pobre tipo, uno realmente estúpido, y ahora se queda solo, con la gorda muerta en la cocina.

–¿Querés que lo adoptemos? Lo cargamos atrás y lo soltamos cuando llegamos.

Tomé unos tragos más. El infeliz estaba parado frente a la gorda y sostenía en el aire un banco, sin saber muy bien dónde ponerlo. Oliver me hizo una seña para que saliéramos. En la sala nos metimos detrás del mostrador y, desde las ventanas que daban a la cocina, lo vimos dejar el banco a un lado, tomar un brazo de la gorda y empezar a tirar. No pudo moverla ni un centímetro. Descansó unos segundos y volvió a intentarlo. Probó apoyar el banco sobre una de las piernas, una de las patas tocando la rodilla. Se subió y se estiró lo más que pudo hacia la heladera. Ahora que le daba la altura, el banco estaba demasiado lejos. Cuando giró hacia nosotros para bajar, nos escondimos y nos quedamos sentados en el suelo, contra la pared. Me sorprendió que no hubiera nada en el bajomesada del mostrador. Sí arriba en la repisa, y más arriba las coperas y las alacenas también estaban repletas, pero nada a la altura de nuestros ojos. Lo escuchamos mover el banco. Suspirar. Hubo silencio y esperamos. De pronto se asomó tras la cortina, sostenía un cuchillo con gesto amenazador. Nos vio sentados detrás del mostrador y, lejos de molestarse, suspiró aliviado.

–No alcanzo a la heladera –dijo.

Ni siquiera nos paramos.

–No alcanza a ningún lado –dijo Oliver.

El tipo se quedó mirándolo como si el mismísimo Dios se hubiera parado frente a él para hacerle saber la razón por la cual estamos en este mundo. Dejó caer el cuchillo y recorrió con la mirada los bajomesadas vacíos. Oliver estaba satisfecho: el tipo parecía traspasar los horizontes de la estupidez.

–A ver, prepárenos un omelet –dijo Oliver.

El hombre miró hacia la cocina. Su rostro imbécil de estupor reflejaba los utensilios, las cacerolas, casi toda la cocina colgando de las paredes o sobre las estanterías.

–Ok, mejor no –dijo Oliver–, haga unos simples sándwiches, seguro que eso sí puede hacerlo.

–No –dijo el tipo–, no alcanzo a la sandwichera.

–No lo tueste. Solo traiga el jamón, el queso y un pedazo de pan.

–No –dijo–, no. –Negaba con la cabeza, avergonzado.

–Ok. Un vaso de agua entonces.

Negó otra vez.

–¿Y cómo mierda sirvió a este regimiento? –dijo Oliver señalando las mesas.

–Necesito pensar.

–No necesita pensar, lo que necesita es un metro más de altura.

–No puedo sin ella…

Pensé en bajarle algo fresco, pensé que tomar algo le vendría bien, pero cuando intenté levantarme Oliver me detuvo.

–Tiene que hacerlo solo –dijo–, tiene que aprender.

–Oliver…

–Decime algo que sí puedas hacer, una cosa, algo.

–Llevo y traigo la comida que me dan, limpio las mesas…

–No parece –dijo Oliver.

–…Puedo mezclar las ensaladas y condimentarlas si ella me deja todo listo sobre la mesada. Lavo los platos, limpio el piso, sacudo los…

–Ok, ok. Ya entendí.

Entonces el tipo se quedó mirando a Oliver, sorprendido:

–Usted… –dijo–, usted sí llega a la heladera. Usted podría cocinar, alcanzarme las cosas…

–¿Qué dice? Nadie va a alcanzarle las cosas…

–Pero usted podría trabajar, tiene la altura –dio un paso tímido hacia Oliver, que a mí no me pareció prudente–, yo le pagaría.

–Este imbécil me está tomando el pelo, me está tomando el pelo.

–Tengo plata. ¿Cuatrocientos la semana? Puedo pagarle. ¿Quinientos?

–¿Paga quinientos la semana? ¿Por qué no tiene un palacio en el fondo? Este imbécil…

Me levanté y me paré detrás de Oliver: iba a pegarle en cualquier momento, creo que lo único que lo detenía era la altura del tipo. Lo vimos cerrar sus pequeños puños como compactando una masa invisible que se reducía entre los dedos, los brazos comenzaron a temblarle, se puso morado.

–Mi plata no le incumbe –dijo.

Oliver volvió a hacer eso de mirarme cada vez que el otro le hablaba, como sin poder creer lo que veía. Parecía disfrutarlo, pero nadie lo conoce mejor que yo: nadie le dice a Oliver lo que debe hacer.

–Y por la camioneta que tiene –dijo el tipo mirando hacia la ruta–, por la camioneta que tiene se diría que manejo la plata mejor que usted.

–Hijo de puta.

Oliver se abalanzó sobre él. Alcancé a sostenerlo. El tipo dio un paso atrás, sin miedo, con una dignidad que le daba un metro más de altura, y esperó a que Oliver se calmara.

–Ok –dijo Oliver–. Ok.

Lo solté. Se quedó mirándolo, furioso. Pero había algo más en su calma contenida, y entonces le dijo:

–¿Donde está la plata?

Miré a Oliver sin entender.

–¿Va a robarme?

–Voy a hacer lo que se me cante el orto, pedazo de mierda.

–¿Qué hacés? –dije.

Oliver dio un paso, tomó al tipo de la camisa y lo levantó en el aire.

–¿Dónde está tu plata, a ver?

La fuerza con que Oliver lo había levantado lo hacía oscilar un poco hacia los lados. Pero él lo miraba directamente a los ojos, y no abría la boca.

–Ok –dijo Oliver–. O traés la plata o te rompo la cara.

Levantó el puño bien cerrado y lo dejó a un centímetro de la nariz del tipo.

–Está bien –dijo el otro.

Oliver lo soltó. El tipo cayó, se acomodó la camisa, dio un paso hacia atrás. Despacio, cruzó la barra en sentido contrario al de la cocina y desapareció por una puerta.

–Pedazo de imbécil –dijo Oliver.

Me acerqué a él para que no nos escuchara:

–¿Qué estás haciendo? Tiene a la mujer muerta en la cocina, vámonos.

–¿Viste lo que dijo de mi camioneta? El imbécil quiere contratarme, ser mi jefe, ¿entendés?

Oliver empezó a revisar las estanterías de la barra.

–Este imbécil debe tener su plata por acá.

–Vámonos –dije–. Ya te desquitaste.

Corrió algunas botellas, papeles sueltos, hasta que encontró una caja de madera. Era una caja vieja, con un grabado a mano que decía «Habanos».

–Esta es la caja –dijo Oliver–. Seguro que esta es la caja.

–Ya váyanse –escuchamos.

El tipo estaba parado en el medio de la sala y sostenía una escopeta de doble caño que apuntaba directamente a la cabeza de Oliver. Oliver escondió tras de sí la caja. El tipo sacó el seguro del arma y dijo:

–Uno.

–Nos vamos –dije, tomé a Oliver del brazo y empecé a caminar–. Lo siento, realmente lo siento. Y siento lo de su mujer también, yo…

Tenía que hacer fuerza para que Oliver me siguiera.

–Dos.

Pasamos cerca de él, la escopeta a un metro de la cabeza de Oliver.

–Lo siento –repetí.

Ya estábamos cerca de la puerta. Hice salir primero a Oliver para que el tipo no viera que se llevaba la caja.

–Tres.

Solté a Oliver y corrí. No sé si él tuvo miedo o no, pero no corrió. Tuve que esperarlo un momento agarrado a la manija de mi puerta para que me abriera. Dejó la caja sobre el asiento, encendió el motor y volvimos por donde habíamos venido. La camioneta dio algunos saltos en la cuneta y al fin estábamos en la ruta. Nos alejamos en silencio. Miré a Oliver varias veces esperando alguna reacción a lo que acababa de pasar. Solo un rato después, sin quitar los ojos del camino, dijo:

–Abrila.

–Deberíamos…

–Abrila, maricón.

Tomé la caja. Era liviana y demasiado chica para contener una fortuna. Tenía una llave de fantasía, como de cofre. La abrí.

–¿Qué hay? ¿Cuánto? ¿Cuánto?

–Vos manejá –dije–, creo que solo son papeles.

Oliver se volvía cada tanto para espiar lo que yo revisaba. Había un nombre grabado en la contratapa de madera, decía «Irman», y debajo había una foto del tipo muy joven, sentado sobre unas valijas en una terminal, parecía feliz. Me pregunté quién le habría sacado la foto. También había cartas encabezadas con su nombre: «Querido Irman», «Irman, mi amor», poesías firmadas por él, un caramelo de menta hecho polvo y una medalla de plástico al mejor poeta del año, con el logo de un club social.

–¿Hay plata sí o no?

–Son cartas –dije.

De un manotazo, Oliver me quitó la caja y la tiró por la ventanilla.

–¿Qué hacés? –me asomé un segundo para ver las cosas ya desparramadas sobre el asfalto, los papeles todavía en el aire, la medalla rebotando cada vez más lejos.

–Son cartas –dijo.

Y un rato después:

–Mirá… Tendríamos que haber parado acá. «Parrilla libre», ¿leíste? ¿Qué costaba?

Y se sacudió inquieto en el asiento, como si realmente lo lamentara.

CONSERVAS

Pasa una semana, un mes, y vamos haciéndonos a la idea de que Teresita se adelantará a nuestros planes. Voy a tener que renunciar a la beca de estudios porque dentro de unos meses ya no va a ser fácil seguir. Quizá no por Teresita, sino por pura angustia, no puedo parar de comer y empiezo a engordar. Manuel me alcanza la comida al sillón, a la cama, al jardín. Todo organizado en la bandeja, limpio en la cocina, abastecido en la alacena, como si la culpa, o qué sé yo qué cosa, lo obligara a cumplir con lo que espero de él. Pero pierde sus energías y no parece muy feliz: regresa tarde a casa, no me hace compañía, le molesta hablar del tema.

Pasa otro mes. Mamá también se resigna, nos compra algunos regalos y nos los entrega –la conozco bien– con algo de tristeza. Dice:

–Este es un cambiador lavable con cierre de velcro… Estos son escarpines de puro algodón… Esta es la toalla con capucha en piqué…

Papá mira las cosas que nos van regalando y asiente.

–Ay, no sé… –digo yo, y no sé si me refiero al regalo o a Teresita–. La verdad es que no sé –le digo más tarde a mi suegra cuando cae con un juego de sabanitas de colores–, no sé –digo ya sin saber qué decir, y abrazo las sábanas y me largo a llorar.

El tercer mes me siento más triste todavía. Cada vez que me levanto me miro al espejo y me quedo así un rato. Mi cara, mis brazos, todo mi cuerpo, y por sobre todo la panza, están más hinchados. A veces llamo a Manuel y le pido que se pare a mi lado. A él en cambio lo veo más flaco. Parece distraído. Habla poco. Llega del trabajo y se sienta a mirar televisión sosteniéndose la cabeza. No es que me quiera menos. Sé que Manuel me adora y sé que, como yo, no tiene nada en contra de nuestra Teresita, qué va a tener. Pero es que había tanto que hacer antes de su llegada.

A veces mamá pide acariciar la panza. Me siento en el sillón y ella con voz suave y cariñosa le dice cosas a Teresita. A la mamá de Manuel, en cambio, se le da por llamar a cada rato para saber cómo estoy, dónde estoy, qué estoy comiendo, cómo me siento, y todo lo que se le pueda ocurrir preguntar.

Tengo insomnio. Paso las noches despierta, en la cama. Miro el techo con las manos sobre la pequeña Teresita. No puedo pensar en nada más. No puedo entender cómo en un mundo en el que ocurren cosas que todavía me parecen maravillosas –como alquilar un coche en un país y devolverlo en otro, descongelar del freezer un pescado fresco que murió hace treinta días, o pagar las cuentas sin moverse de casa– no pueda solucionarse un asunto tan trivial como un pequeño cambio en la organización de los hechos. Es que simplemente no me resigno.

Dejo la guía de la obra social y busco otras alternativas. Hablo con obstetras, con curanderos y hasta con un chamán. Alguien me da el número de una comadrona y hablo con ella por teléfono. A su manera, cada uno presenta soluciones conformistas o perversas que nada tienen que ver con lo que busco. Me cuesta hacerme a la idea de recibir a Teresita tan temprano, pero tampoco quiero lastimarla. Y entonces doy con el doctor Weisman.

El consultorio queda en el último piso de un edificio antiguo del centro. No tiene secretaria, ni sala de espera. Solo un pequeño hall de entrada y dos habitaciones. Weisman es muy amable, nos hace pasar y nos ofrece café. Durante la conversación se interesa en especial por el tipo de familia que formamos, por nuestros padres, nuestro matrimonio, las relaciones particulares entre cada uno de nosotros. Contestamos todo lo que pregunta. Weisman entrecruza los dedos y apoya las manos sobre el escritorio, parece conforme con nuestro perfil. Nos cuenta algunas cosas sobre su trayectoria, el éxito de sus investigaciones y lo que nos puede ofrecer, pero entiende que no necesita convencernos, y pasa a explicarnos el tratamiento. Cada tanto miro a Manuel: escucha con atención, asiente, lo veo entusiasmado. El plan incluye cambios en la alimentación, en el sueño, ejercicios de respiración, medicamentos. Va a haber que hablar con mamá y papá, y con la madre de Manuel; el papel de ellos también es importante. Anoto todo en mi cuaderno, punto por punto.

–¿Y qué seguridad tenemos con este tratamiento? –pregunto.

–Tenemos lo que necesitamos para que todo salga bien –dice Weisman.

Al día siguiente Manuel se queda en casa. Nos sentamos en la mesa del living, rodeados de grillas y papeles, y empezamos a trabajar. Anotamos lo más fielmente posible cómo se han ido dando las cosas desde el momento en que sospechamos que Teresita se había adelantado. Citamos a nuestros padres y somos claros con ellos: el asunto está decidido, el tratamiento en marcha, y no hay nada que discutir. Cuando papá va a preguntar algo Manuel lo interrumpe:

–Tienen que hacer lo que les pedimos –dice–. Cada punto que anotamos, el día exacto y a la hora exacta.

Entiendo lo que siente: nos tomamos esto en serio y esperamos lo mismo de los demás. Están preocupados y creo que no llegan a entender de qué se trata, pero se comprometen a seguir las instrucciones y cada uno vuelve a su casa con una lista.

Cuando concluyen los primeros diez días las cosas están un poco más aceitadas. Tomo mis tres pastillas diarias en horario y respeto cada sesión de «respiración consciente». La respiración consciente es parte fundamental del tratamiento y es un método de relajación y concentración innovador, descubierto y enseñado por el mismo Weisman. En el jardín, sobre el césped, me centro en el contacto con «el vientre húmedo de la tierra». Comienzo inhalando una vez y exhalando dos veces. Prolongo los tiempos hasta inspirar durante cinco segundos y exhalar en ocho. Tras varios días de ejercicio inhalo en diez y exhalo en quince. Así paso al segundo nivel de respiración consciente: empiezo a sentir la dirección de mis energías. Weisman dice que ese nivel va a tomarme algo más de tiempo, pero insiste en que el ejercicio está a mi alcance, en que tengo que seguir trabajando. Hay un momento en el que es posible visualizar la velocidad a la que la energía circula en el cuerpo. Se siente un cosquilleo suave que comienza por lo general en los labios, en las manos y en los pies. Hay que intentar aminorar el ritmo, lentamente. La meta es detenerlo por completo para, poco a poco, retomar la circulación en sentido contrario.

Manuel no puede ser muy cariñoso conmigo todavía. Tiene que ser fiel a las listas que hicimos y por lo tanto, hasta dentro de un mes y medio, mantenerse alejado, hablar solo lo necesario y volver tarde a casa algunas noches. Cumple su parte con esmero pero lo conozco: sé que secretamente está mejor, que se muere de ganas de abrazarme y decirme lo mucho que me extraña. Pero así hay que hacer las cosas por ahora; no podemos arriesgarnos a salirnos ni un segundo del guión.

Al mes sigo progresando en la respiración consciente. Ya casi siento que logro detener la energía. Weisman dice que no falta mucho, que apenas hay que esforzarse un poco más. Me aumenta la dosis de las pastillas. Empiezo a notar que la ansiedad disminuye y como un poco menos. Siguiendo el primer punto de su lista, la madre de Manuel hace su mejor esfuerzo y trata de, gradualmente –esto último es importante y se lo subrayamos repetidas veces–, gradualmente, decía, ir haciendo menos llamados a casa y bajar la ansiedad por hablar todo el tiempo sobre Teresita.

El segundo es, quizá, el mes de más cambios. Mi cuerpo no está tan hinchado, y para sorpresa y alegría de ambos, la panza empieza a disminuir. Este cambio tan notable alerta un poco a nuestros padres. Quizá es ahora cuando entienden, o intuyen, en qué consiste el tratamiento. La madre de Manuel, sobre todo, parece temer lo peor y, aunque se esfuerza por mantenerse al margen y seguir su lista, siento su miedo y sus dudas y temo que esto afecte el tratamiento.

Duermo mejor a la noche, y ya no me siento tan deprimida. Le cuento a Weisman mis progresos en la respiración consciente. Él se entusiasma, sospecha que estoy a punto de lograr mi energía inversa: tan pero tan cerca que solo un velo me separa del objetivo.

Empieza el tercer mes, el penúltimo. Es el mes en el que más protagonismo van a tener nuestros padres; estamos ansiosos por ver que cumplan con su palabra y que todo salga a la perfección, y lo hacen, y lo hacen bien, y estamos agradecidos. La madre de Manuel llega a casa una tarde y reclama las sábanas de colores que había traído para Teresita. Quizá porque había pensado en este detalle durante mucho tiempo, me pide una bolsa para envolver el paquete. Es que así lo traje, dice, con bolsa, así que así se va, y nos guiña un ojo. Después les toca a mis padres. También vienen por sus regalos, los reclaman uno por uno: primero la toalla con capucha en piqué, después los escarpines de puro algodón, por último el cambiador lavable con cierre de velcro. Los envuelvo. Mamá pide acariciar por última vez la panza. Me siento en el sillón, ella se acomoda al lado mío, y habla con voz suave y cariñosa. Acaricia la panza y dice, esta es mi Teresita, cómo voy a extrañar a mi Teresita, y yo no digo nada, pero sé que, si hubiera podido, si no hubiera tenido que limitarse a su lista, habría llorado.

Los días del último mes pasan rápido. Manuel ya puede acercarse más y la verdad es que su compañía me hace bien. Nos paramos frente al espejo y nos reímos. La sensación es todo lo contrario a lo que se siente al emprender un viaje. No es la alegría de partir, sino la de quedarse. Es agregarle un año más al mejor año de tu vida, y bajo las mismas condiciones. Es la oportunidad de seguir en continuado.

Estoy mucho menos hinchada. Eso alivia mis actividades y me levanta el ánimo. Hago mi última visita a Weisman.

–Se acerca el momento –dice él, y empuja sobre el escritorio, hacia mí, el frasco de conservación.

Está helado, y así debe mantenerse, por eso traje la vianda térmica, como Weisman recomendó. Debo guardarlo en la heladera en cuanto llegue. Lo levanto: el agua es transparente pero espesa, como un frasco de almíbar incoloro.

Una mañana, durante una sesión de respiración consciente, logro pasar al último nivel: respiro lentamente, el cuerpo siente la humedad de la tierra y la energía que lo envuelve. Respiro una vez, otra vez, otra vez, y entonces todo se detiene. La energía parece materializarse a mi alrededor y podría precisar el momento exacto en el que, poco a poco, comienza a circular en sentido inverso. Es una sensación purificadora, rejuvenecedora, como si el agua o el aire volviesen por sí mismos al lugar en el que, en un principio, estuvieron contenidos.

Entonces llega el día. Está marcado en el almanaque de la heladera, Manuel lo rodeó con un círculo rojo cuando volvimos del consultorio de Weisman por primera vez. No sé cuándo sucederá, estoy preocupada. Manuel está en casa. Estoy recostada en la cama. Lo escucho caminar de un lado a otro, intranquilo. Me toco la panza. Es una panza normal, una panza como la de cualquier mujer, quiero decir que no es una panza de embarazada. Al contrario, Weisman dice que el tratamiento fue muy intenso: estoy un poco anémica, y mucho más flaca que antes de que el asunto de Teresita empezara.

Espero toda la mañana y toda la tarde encerrada en mi cuarto. No quiero comer, ni salir, ni hablar. Manuel se asoma cada tanto y pregunta cómo estoy. Imagino que mamá debe estar trepándose por las paredes, pero saben que no pueden llamar ni pasar a verme.

Ahora siento náuseas. El estómago me arde y late más fuerte, como si fuera a explotar. Tengo que avisarle a Manuel. Trato de incorporarme y no puedo, no me había dado cuenta de lo mareada que estaba. Tengo que avisarle a Manuel para que llame a Weisman. Por un momento logro levantarme, espero y vuelvo a dejarme caer de rodillas al piso. Pienso en la respiración consciente pero mi cabeza ya está en otra cosa. Tengo miedo. Temo que algo pueda salir mal y lastimemos a Teresita. Quizá ella sepa lo que está pasando, quizá todo esto esté muy mal. Manuel entra a la habitación y corre hasta mí.

–Yo solo quiero dejarlo para más adelante... –le digo–. No quiero que...

Quiero decirle que me deje acá tirada, que no importa, que corra a hablar con Weisman, que todo salió mal. Pero no puedo hablar. Me tiembla el cuerpo, no tengo control sobre él. Manuel se arrodilla junto a mí, me toma de las manos, me habla. No escucho lo que dice. Siento que voy a vomitar. Me tapo la boca. Él reacciona, me deja sola y corre hacia la cocina. No demora más que unos segundos: regresa con el vaso desinfectado y el envase plástico que dice «Dr. Weisman». Rompe la faja de seguridad del pico, vierte el contenido translúcido en el vaso. Otra vez siento ganas de vomitar, pero no puedo, no quiero: no todavía. Tengo una arcada, y otra, y otra. Arcadas más violentas que empiezan a dejarme sin aire. Por primera vez pienso en la posibilidad de la muerte. Pienso en eso un instante y ya no puedo respirar. Manuel me mira, no sabe qué hacer. Las arcadas se interrumpen y algo se me atora en la garganta. Cierro la boca y tomo a Manuel de la muñeca. Entonces siento algo pequeño, del tamaño de una almendra. Lo acomodo sobre la lengua, es frágil. Sé lo que tengo que hacer y no puedo hacerlo. Es una sensación inconfundible que guardaré hasta dentro de algunos años. Miro a Manuel, parece aceptar el tiempo que necesito. Ella nos esperará, pienso. Ella estará bien, hasta el momento indicado. Entonces Manuel me acerca el vaso de conservación, y al fin, suavemente, la escupo.

MARIPOSAS

Ya vas a ver qué lindo vestido tiene hoy la mía, le dice Calderón a Gorriti, le queda tan bien con esos ojos almendrados, por el color, viste; y esos piecitos... Están junto al resto de los padres, esperan ansiosos la salida de sus hijos. Calderón habla, Gorriti mira las puertas todavía cerradas. Vas a ver, dice Calderón, quedate acá, hay que quedarse cerca porque ya salen. ¿Y el tuyo cómo va? El otro hace un gesto de dolor y se señala los dientes. No me digas, dice Calderón. ¿Y le hiciste el cuento de los ratones...? Ah, no, con la mía no se puede, es demasiado inteligente. Gorriti mira el reloj. En cualquier momento se abren las puertas y los chicos salen disparados, riendo a gritos en un tumulto de colores, a veces manchados de témpera, o de chocolate. Por alguna razón, el timbre se retrasa. Los padres esperan. Una mariposa se posa en el brazo de Calderón, que se apura a atraparla. La mariposa lucha por escapar, él une las alas y la sostiene de las puntas. Aprieta fuerte para que no se le escape. Vas a ver cuando la vea, le dice a Gorriti sacudiéndola, le va a encantar. Pero aprieta tanto que empieza a sentir que las puntas se empastan. Desliza los dedos hacia abajo y comprueba que la ha marcado. La mariposa intenta soltarse, se sacude, y una de las alas se abre al medio como un papel. Calderón lo lamenta, cuando intenta inmovilizarla para ver bien los daños termina por quedarse con parte del ala pegada a uno de los dedos. Gorriti lo mira con asco y niega, le hace un gesto para que la tire. Calderón la suelta. La mariposa cae al piso. Se mueve con torpeza, intenta volar pero no puede. Al fin se queda quieta, sacude cada tanto una de sus alas, y ya no intenta nada más. Gorriti le dice que termine con eso de una vez y él, por el propio bien de la mariposa por supuesto, la pisa con firmeza. No alcanza a apartar el pie cuando advierte que algo extraño sucede. Mira hacia las puertas y, como si un viento repentino hubiese violado las cerraduras, estas se abren, y cientos de mariposas de todos los colores y tamaños se abalanzan sobre los padres que esperan. Piensa si irán a atacarlo, tal vez piensa que va a morir. Los otros padres no parecen asustarse; las mariposas solo revolotean entre ellos. Una última cruza rezagada y se une al resto. Calderón se queda mirando las puertas abiertas, y tras los vidrios del hall central, las salas silenciosas. Algunos padres todavía se amontonan frente a las puertas y gritan los nombres de sus hijos. Entonces las mariposas, todas ellas en pocos segundos, se alejan volando en distintas direcciones. Los padres intentan atraparlas. Calderón, en cambio, permanece inmóvil. No se anima a apartar el pie de la que ha matado, teme, quizá, reconocer en sus alas muertas los colores de la suya.

PÁJAROS EN LA BOCA

Apagué el televisor y miré por la ventana. El auto de Silvia estaba estacionado frente a la casa, con las balizas puestas. Pensé si había alguna posibilidad real de no atender, pero el timbre volvió a sonar: ella sabía que yo estaba en casa. Fui hasta la puerta y abrí.

–Silvia.

–Hola –dijo ella, y entró sin que yo alcanzara a decir nada–. Tenemos que hablar.

Señaló el sillón y obedecí, porque a veces, cuando el pasado toca a la puerta y me trata como hace cuatro años, sigo siendo un imbécil.

–No va a gustarte. Es… es fuerte –miró su reloj–. Es sobre Sara.

–Siempre es sobre Sara.

–Vas a decir que exagero, que soy una loca, todo ese asunto. Pero hoy no hay tiempo. Te venís a casa ahora mismo, esto tenés que verlo con tus propios ojos.

–¿Qué pasa?

–Además le dije a Sara que ibas a ir, así que te espera.

Nos quedamos en silencio un momento. Pensé en cuál sería el próximo paso, hasta que Silvia frunció el ceño, se levantó y fue hasta la puerta. Tomé mi abrigo y salí tras ella.

Por fuera la casa se veía como siempre, con el césped recién cortado y las azaleas de Silvia colgando de los balcones del primer piso. Cada uno bajó de su auto y entramos sin hablar. Sara estaba en el sillón. Aunque por ese año ya había terminado las clases, llevaba puesto el jumper de la secundaria, que le quedaba como a esas colegialas porno de las revistas. Estaba sentada con la espalda recta, las rodillas juntas y las manos sobre las rodillas, concentrada en algún punto de la ventana o del jardín, una postura que me recordaba a esos ejercicios de yoga de la madre. Siempre había sido más bien pálida y flaca, y ahora en cambio se la veía rebosante de salud. Sus piernas y sus brazos parecían más fuertes, como si hubiera estado haciendo ejercicio unos cuantos meses. El pelo le brillaba y tenía un leve rosado en los cachetes. Cuando me vio entrar sonrió y dijo:

–Hola, papá.

Aunque mi nena era realmente una dulzura, dos palabras alcanzaban para entender que algo estaba mal en esa chica, algo seguramente relacionado con la madre. A veces pienso que quizá debí habérmela llevado conmigo, pero casi siempre pienso que no. A unos metros del televisor, junto a la ventana, había una jaula. Era una jaula para pájaros –de unos setenta, ochenta centímetros–; colgaba del techo, vacía.

–¿Qué es eso?

–Una jaula –dijo Sara, y sonrió.

Silvia me hizo una seña para que la siguiera a la cocina. Fuimos hasta el ventanal y ella se volvió para verificar que Sara no nos escuchara. Seguía erguida en el sillón, mirando hacia la calle, como si nunca hubiéramos llegado. Silvia me habló en voz baja.

–Mirá, vas a tener que tomarte esto con calma.

–Dejame de joder. ¿Qué pasa?

–La tengo sin comer desde ayer.

–¿Me estás cargando?

–Para que lo veas con tus propios ojos.

–Ahá… ¿Estás loca?

Dijo que regresáramos al living y me señaló el sillón. Me senté frente a Sara. Silvia salió de la casa y la vimos cruzar el ventanal y entrar al garaje.

—¿Qué le pasa a tu madre?

Sara levantó los hombros, dando a entender que no lo sabía. Su pelo negro y lacio estaba atado en una cola de caballo, con un flequillo que le llegaba casi hasta los ojos. Silvia volvió con una caja de zapatos. La traía derecha, con ambas manos, como si se tratara de algo delicado. Fue hasta la jaula, la abrió, sacó de la caja un gorrión muy pequeño, del tamaño de una pelota de golf, lo metió dentro de la jaula y la cerró. Tiró la caja al piso y la hizo a un lado de una patada, junto a otras nueve o diez cajas similares que se iban sumando bajo el escritorio. Entonces Sara se levantó, su cola de caballo brilló a un lado y otro de su nuca, y fue hasta la jaula dando un salto de por medio, como hacen las chicas que tienen cinco años menos que ella. De espaldas a nosotros, poniéndose en puntas de pie, abrió la jaula y sacó el pájaro. No pude ver qué hizo. El pájaro chilló y ella forcejeó un momento, quizá porque el pájaro intentó escaparse. Silvia se tapó la boca con la mano. Cuando Sara se volvió hacia nosotros el pájaro ya no estaba. Tenía la boca, la nariz, el mentón y las dos manos manchados de sangre. Sonrió avergonzada, su boca gigante se arqueó y se abrió, y sus dientes rojos me obligaron a levantarme de un salto. Corrí hasta el baño, me encerré y vomité en el inodoro. Pensé que Silvia me seguiría y empezaría con las culpas y las directivas desde el otro lado de la puerta, pero no lo hizo. Me lavé la boca y la cara, y me quedé escuchando frente al espejo. Bajaron algo pesado del piso de arriba. Abrieron y cerraron algunas veces la puerta de entrada. Sara preguntó si podía llevar con ella la foto de la repisa. Silvia contestó que sí, su voz ya estaba lejos. Salí del baño tratando de no hacer ruido y me asomé al pasillo. La puerta principal estaba abierta de par en par. Silvia cargaba la jaula en el asiento trasero de mi coche. Di unos pasos, con la intención de salir de la casa gritándoles unas cuantas cosas, pero Sara salió de la cocina hacia la calle y me detuve en seco para que no me viera. Se dieron un abrazo. Silvia la besó y la metió en el asiento del acompañante. Esperé a que volviera y cerrara la puerta.

—¿Qué mierda…?

–Te la llevás.

Fue hasta el escritorio y empezó a aplastar y doblar las cajas vacías.

–¡Dios santo, Silvia, tu hija come pájaros!

–No puedo más.

–¡Come pájaros! ¿La hiciste ver? ¿Qué mierda hace con los huesos?

Silvia se quedó mirándome, desconcertada.

–Supongo que los traga también. No sé si los pájaros... –dijo, y se quedó mirándome.

–No puedo llevármela.

–Si se queda me mato. Me mato yo y antes la mato a ella.

–¡Come pájaros!

Silvia fue hasta el baño y se encerró. Miré hacia afuera, a través del ventanal. Sara me saludó alegremente desde el auto. Traté de serenarme. Pensé en cosas que me ayudaran a dar algunos pasos torpes hacia la puerta, rezando por que ese tiempo alcanzara para volver a ser un ser humano común y corriente, un tipo pulcro y organizado capaz de quedarse diez minutos de pie en el supermercado frente a la góndola de enlatados, corroborando que las arvejas que se está llevando son las más adecuadas. Pensé en cosas como que si se sabe de personas que comen personas entonces comer pájaros vivos no estaba tan mal. También que desde un punto de vista naturista es más sano que la droga, y desde el social más fácil de ocultar que un embarazo a los trece. Pero creo que hasta la manija del coche seguí repitiéndome *come pájaros, come pájaros, come pájaros*, y así.

Llevé a Sara a casa. No dijo nada en el viaje y cuando llegamos bajó sola sus cosas. Su jaula, su valija –que habían guardado en el baúl–, y cuatro cajas de zapatos como la que Silvia había traído del garaje. No pude ayudarla con nada. Abrí la puerta y ahí esperé a que ella fuera y viniera con todo. Después de indicarle que podía usar el cuarto de arriba, y de darle unos minutos para que se instalara, la hice bajar y sentarse frente a mí en la mesa del comedor. Preparé dos cafés. Sara hizo a un lado su taza y dijo que no tomaba infusiones.

–Comés pájaros, Sara –dije.

–Sí, papá.

Se mordió los labios, avergonzada, y dijo:

–Vos también.

–Comés pájaros vivos, Sara.

–Sí, papá.

Me acordé de Sara a los cinco años, sentada a la mesa con nosotros, devorando fanáticamente una calabaza, y pensé que encontraríamos la forma de resolver este problema. Pero cuando la Sara que tenía frente a mí volvió a sonreír, y me pregunté qué se sentiría al tragar algo caliente y en movimiento, algo lleno de plumas y patas en la boca, me tapé con la mano, como hacía Silvia, y la dejé sola frente a los dos cafés, intactos.

Pasaron tres días. Sara estaba casi todo el tiempo en el living, erguida en el sillón con las rodillas juntas y las manos sobre las rodillas. Yo salía temprano al trabajo y me aguantaba las horas consultando en Internet infinitas combinaciones de las palabras «pájaro», «crudo», «cura», «adopción», sabiendo que ella seguía sentada ahí, mirando hacia el jardín durante horas. Cuando entraba a la casa, alrededor de las siete, y la veía tal cual la había imaginado durante todo el día, se me erizaban los pelos de la nuca y me daban ganas de salir y dejarla encerrada dentro con llave, herméticamente encerrada, como esos insectos que cazaba de chico y guardaba en frascos de vidrio hasta que el aire se acababa. ¿Podría hacerlo? De chico, una vez, vi en el circo a una mujer barbuda que se llevaba ratones a la boca. Los retenía un rato, caminaba frente al público con los labios cerrados y sonrientes, y dirigía los ojos hacia arriba, como si eso le diera un gran placer. Ahora pensaba en esa mujer casi todas las noches, dando vueltas en la cama sin poder dormir, considerando la posibilidad de internar a Sara en un centro psiquiátrico. Quizá podría visitarla una o dos veces por semana. Podríamos turnarnos con Silvia. Pensé en esos casos en que los médicos sugieren cierto aislamiento del paciente, alejarlo de la familia por unos meses. Quizá era una buena opción para todos, pero no estaba seguro de que Sara pudiera sobrevivir en un lugar así. O sí. En cualquier caso, su madre no lo permitiría. O sí. No podía decidirme.

Al cuarto día Silvia vino a vernos. Trajo cinco cajas de zapatos que dejó junto a la puerta de entrada, del lado de adentro. Ninguno de los dos dijo nada al respecto. Preguntó por Sara y le señalé el cuarto de arriba. Después bajó, sola. Le ofrecí café. Lo tomamos en el living, en silencio. Estaba pálida y a veces las manos le temblaban y hacía tintinear la taza sobre el plato. Cada uno sabía lo que pensaba el otro. Yo podía decir «Esto es culpa tuya, esto es lo que lograste», y ella podía decir algo absurdo como «Esto pasa porque nunca le prestaste atención». Pero la verdad es que ya estábamos muy cansados.

–Yo me encargo de esto –dijo Silvia antes de salir, señalando las cajas de zapatos.

No dije nada, aunque se lo agradecí profundamente.

En el supermercado la gente cargaba sus changos de cereales, dulces, verduras, carnes y lácteos. Yo me limitaba a mis enlatados y hacía la cola en silencio. Iba dos o tres veces por semana. A veces, sin nada que comprar, pasaba de todas formas antes de regresar a casa. Tomaba un chango y recorría las góndolas pensando en qué es lo que podía estar olvidándome. A la noche mirábamos juntos la televisión. Sara erguida, sentada en su esquina del sillón, yo en la otra punta, espiándola cada tanto para ver si seguía la programación o ya estaba de nuevo con los ojos clavados en el jardín. Yo preparaba comida para dos y la llevaba al living en dos bandejas. Dejaba la de Sara frente a ella, y ahí quedaba. Ella esperaba a que yo empezara a comer y entonces decía:

–Permiso, papá.

Se levantaba, subía a su cuarto y cerraba la puerta con delicadeza. La primera vez bajé el volumen del televisor y esperé en silencio. Se escuchó un chillido agudo y corto. Unos segundos después las canillas del baño y el agua corriendo. A veces, luego de unos minutos, bajaba perfectamente peinada y serena. Otras veces se duchaba y bajaba directamente en pijama.

Sara no quería salir. Estudiando su comportamiento pensé que quizá sufría algún principio de agorafobia. A veces sacaba una silla al jardín e intentaba convencerla de salir un rato. Pero era inútil. Conservaba, sin embargo, una piel radiante de energía, y se la veía cada vez más hermosa, como si se pasara el día haciendo ejercicios bajo el sol. Cada tanto, haciendo mis cosas, encontraba una pluma. En el piso junto a la puerta del comedor, detrás de la lata de café, entre los cubiertos, todavía húmeda en la pileta del baño. Las recogía, cuidando que ella no me viera hacerlo, y las tiraba por el inodoro. A veces me quedaba mirando cómo se iban con el agua. A veces el inodoro volvía a llenarse, el agua se aquietaba de nuevo, y yo todavía seguía ahí mirando, pensando en si sería necesario regresar al supermercado, en si se justificaba llenar los changos de tanta basura, pensando en Sara, en qué es lo que habría en el jardín.

Una tarde Silvia llamó para avisar que estaba en cama, con una gripe feroz. Dijo que no podía visitarnos. Me preguntó si me arreglaría sin ella y entendí que *no poder visitarnos* significaba que *no podría traer más cajas*. Le pregunté si tenía fiebre, si la había visto un médico, y cuando la tuve lo suficientemente ocupada en sus respuestas dije que tenía que cortar y corté. El teléfono volvió a sonar, pero no atendí. Miramos televisión. Traje mi comida y Sara no se levantó para ir a su cuarto. Se concentró en el jardín hasta que terminé de comer, y solo entonces regresó al programa de televisión.

Al día siguiente, antes de regresar a casa, pasé por el supermercado. Puse algunas cosas en mi chango, lo de siempre. Paseé entre las góndolas como si hiciera un reconocimiento del súper por primera vez. Me detuve en la sección de mascotas, donde había comida para perros, gatos, conejos, pájaros y peces. Levanté algunos alimentos para ver de qué se trataban. Leí con qué estaban hechos, las calorías que aportaban y las medidas que se recomendaban para cada raza, peso y edad. Después fui a la sección de jardinería, donde solo había plantas con o sin flor, macetas y tierra, así que volví a la sección de mascotas y me quedé ahí pensando en qué iba a hacer después. La gente llenaba sus changos y se movía esquivándome. Anunciaron en los altoparlantes la promoción de lácteos por el Día de la Madre y pasaron un tema melódico sobre un tipo que estaba lleno de mujeres pero extrañaba a su primer amor, hasta que finalmente empujé el chango y regresé a la sección de enlatados.

Esa noche Sara tardó en dormirse. Mi cuarto estaba bajo el suyo y la escuché en el techo caminar nerviosa, acostarse y levantarse varias veces. Me pregunté en qué condiciones estaría el cuarto, no había subido desde que ella había llegado; quizá el sitio era un verdadero desastre, un corral lleno de mugre y plumas.

La tercera noche después del llamado de Silvia, antes de volver a casa, me detuve a ver las jaulas de pájaros que colgaban de los toldos de una veterinaria. Ninguno se parecía al gorrión que había visto en la casa de Silvia. Eran de colores, y en general un poco más grandes. Estuve ahí un rato, hasta que un vendedor se acercó a preguntarme si estaba interesado en algún pájaro. Dije que no, que de ninguna manera, que solo estaba mirando. Se quedó cerca, moviendo cajas, mirando hacia la calle, después entendió que realmente no compraría nada y regresó al mostrador.

En casa Sara esperaba en el sillón, erguida en su ejercicio de yoga. Nos saludamos.

–Hola, Sara.

–Hola, papá.

Estaba perdiendo sus cachetes rosados y ya no se la veía tan bien como en los días anteriores. Preparé mi comida, me senté en el sillón y encendí el televisor. Después de un rato Sara dijo:

–Papi…

Tragué lo que estaba masticando y bajé el volumen, dudando de que realmente me hubiera hablado, pero ahí estaba, con las rodillas juntas y las manos sobre las rodillas, mirándome.

–¿Qué? –dije.

–¿Me querés?

Hice un gesto con la mano, acompañado de un asentimiento. Todo en su conjunto significaba que sí, que por supuesto. Era mi hija, ¿no? Y aun así, por las dudas, pensando sobre todo en lo que mi exmujer hubiera considerado «lo correcto», dije:

–Sí, mi amor. Claro.

Y entonces Sara sonrió, una vez más, y miró el jardín durante el resto del programa.

Volvimos a dormir mal, ella paseando de un lado al otro de la habitación, yo dando vueltas en mi cama hasta que me quedé dormido. A la mañana siguiente llamé a Silvia. Era sábado, pero no atendía el teléfono. Llamé más tarde, y cerca del mediodía también. Dejé un mensaje. Sara estuvo toda la mañana sentada en el sillón, mirando hacia el jardín. Tenía el pelo un poco desarreglado y ya no se sentaba tan erguida, parecía muy cansada. Le pregunté si estaba bien y dijo:

–Sí, papá.

–¿Por qué no salís un poco al jardín?

–No, papá.

Pensando en la conversación de la noche anterior se me ocurrió que podría preguntarle si me quería, aunque enseguida me pareció una estupidez. Volví a llamar a Silvia. Dejé otro mensaje. En voz baja, cuidando de que Sara no me escuchara, dije en el contestador:

–Es urgente, por favor.

Esperamos sentados cada uno en su sillón, con el televisor encendido. Unas horas más tarde Sara dijo:

–Permiso, papá.

Se encerró en su cuarto. Apagué el televisor para escuchar mejor: Sara no hizo ningún ruido. Decidí que llamaría a Silvia una vez más. Levanté el tubo y, cuando escuché el tono, corté.

Fui con el auto hasta la veterinaria, busqué al vendedor y le dije que necesitaba un pájaro chico, el más chico que tuviera. El vendedor abrió un catálogo de fotografías y dijo que los precios y la alimentación variaban de una especie a la otra.

—¿Le gustan los exóticos o prefiere algo más hogareño?

Golpeé la mesada con la palma de la mano. Algunas cosas saltaron sobre el mostrador y el vendedor se quedó en silencio, mirándome. Señalé un pájaro chico, oscuro, que se movía nervioso de un lado a otro de su jaula. Me cobraron ciento veinte pesos y me lo entregaron en una caja cuadrada de cartón verde, con pequeños orificios calados alrededor, una bolsa gratis de alpiste que no acepté y un folleto del criadero con la foto del pájaro en el frente.

Cuando volví Sara seguía encerrada. Por primera vez desde que ella estaba en casa, subí y entré al cuarto. Estaba sentada en la cama frente a la ventana abierta. Me miró. Ninguno de los dos dijo nada. Se la veía tan pálida que parecía enferma. El cuarto estaba limpio y ordenado, la puerta del baño entornada. Había unas veinte cajas de zapatos sobre el escritorio, desarmadas —de modo que no ocuparan tanto espacio— y apiladas prolijamente unas sobre otras. La jaula colgaba vacía cerca de la ventana. En la mesita de luz, junto al velador, el portarretrato que se había llevado de la casa de su madre. El pájaro se movió y sus patas se escucharon sobre el cartón, pero Sara permaneció inmóvil. Dejé la caja sobre el escritorio y, sin decir nada, salí del cuarto y cerré la puerta. Entonces me di cuenta de que no me sentía bien. Me apoyé en la pared para descansar un momento. Miré el folleto del criadero, que todavía llevaba en la mano. En el reverso había información acerca del cuidado del pájaro y sus ciclos de procreación. Resaltaban la necesidad de la especie de estar en pareja en los períodos cálidos y las cosas que podían hacerse para que los años de cautiverio fueran lo más amenos posible. Escuché un chillido breve, y después la canilla de la pileta del baño. Cuando el agua empezó a correr me sentí un poco mejor y supe que, de alguna forma, me las ingeniaría para bajar las escaleras.

PAPÁ NOEL DUERME EN CASA

La Navidad en que Papá Noel pasó la noche en casa fue la última vez que estuvimos todos juntos, después de esa noche papá y mamá terminaron de pelearse, pero no creo que Papá Noel haya tenido nada que ver con eso. Papá había vendido su auto unos meses antes porque había perdido el trabajo, y aunque mamá no estuvo de acuerdo, él dijo que un buen árbol de Navidad era importante esa vez, y compró uno de todas formas. Venía en una caja de cartón, larga y plana, y traía una hoja que explicaba cómo encajar las tres partes y abrir las ramas de forma que se viera natural. Armado era más alto que papá, era inmenso, y yo creo que por eso ese año Papá Noel durmió en nuestra casa. Yo había pedido de regalo un coche a control remoto. Cualquiera me venía bien, no quería uno en particular. El problema era que casi todos los chicos tenían uno y cuando jugábamos en el patio los autos a control remoto se dedicaban a estrellarse contra los autos comunes, como el mío. Así que había escrito mi carta y papá me había llevado hasta el correo para enviarla. Y le dijo al tipo de la ventanilla:

–Se la enviamos a Papá Noel –y le pasó el sobre.

El tipo de la ventanilla ni saludó, porque había mucha gente y se veía que ya estaba cansado de tanto trabajo; la época navideña debe de ser la peor para ellos. Tomó la carta, la miró y dijo:

–Falta el código postal.

–Pero es para Papá Noel –dijo papá, sonrió y le guiñó un ojo, se ve que para hacerse amigo, y el tipo dijo:

–Sin código postal no sale.

–Usted sabe que la dirección de Papá Noel no tiene código postal –dijo papá.

–Sin código postal no sale –dijo el tipo, y llamó al siguiente.

Y entonces papá trepó el mostrador, agarró al tipo del cuello de la camisa y la carta salió.

Por eso yo estaba preocupado ese día, porque no sabía si la carta le había llegado a Papá Noel. Además no podíamos contar con mamá desde hacía casi dos meses, y eso también me preocupaba, porque la que siempre estaba en todo era mamá, y con ella las cosas salían bien, hasta que dejó de preocuparse, así nomás, de un día para el otro. La vieron algunos médicos, papá siempre la acompañaba y yo me quedaba en la casa de Marcela, que es nuestra vecina. Mamá no mejoró. Dejó de haber ropa limpia, leche y cereales a la mañana, papá llegaba tarde a los lugares a los que debía llevarme, y después llegaba otra vez tarde para pasarme a buscar. Cuando pedí explicaciones papá dijo que mamá no estaba enferma ni tenía cáncer ni se iba a morir. Que bien podría haber pasado algo así pero él no era un hombre de tanta suerte. Marcela me explicó que mamá simplemente había dejado de creer en las cosas, que eso era estar «deprimido», y te quitaba las ganas de todo, y tardaba en irse. Mamá no iba más a trabajar ni se juntaba con amigas ni hablaba por teléfono con la abuela. Se sentaba con su bata frente al televisor, y hacía zapping toda la mañana, toda la tarde y toda la noche. Yo era el encargado de darle de comer. Marcela dejaba comida hecha en el freezer con las porciones marcadas. Había que combinarlas. No podía, por ejemplo, darle todo el pastel de papas y después toda la tarta de verdura. La descongelaba en el microondas y se la alcanzaba en una bandeja, con el vaso de agua y los cubiertos. Mamá decía:

–Gracias, mi amor, no tomes frío. –Lo decía sin mirarme, sin perder de vista lo que sucedía en el televisor.

A la salida del colegio me agarraba de la mano de la mamá de Augusto, que era hermosa. Eso funcionaba cuando venía a buscarme papá, pero después, cuando empezó a venir Marcela, a ninguna de las dos parecía gustarle eso, así que esperaba solo debajo del árbol de la esquina. Viniera quien viniera a buscarme, siempre llegaban tarde.

Marcela y papá se hicieron muy amigos, y algunas noches papá se quedaba con ella en la casa de al lado, jugando al póquer, y a mamá y a mí nos costaba dormirnos sin él en la casa. Nos cruzábamos en el baño y entonces mamá decía:

–Cuidado, mi amor, no tomes frío. –Y volvía frente al televisor.

Muchas tardes Marcela estaba en casa, cocinaba para nosotros y ordenaba un poco. No sé por qué lo hacía. Supongo que papá le pediría ayuda y como ella era su amiga se sentía en la obligación, porque la verdad es que no se la veía muy contenta. Un par de veces le apagó el televisor a mamá, se sentó frente a ella y le dijo:

–Irene, tenemos que hablar, esto no puede seguir así...

Le decía que tenía que cambiar de actitud, que así no llegaría a ningún lado, que ella ya no podía seguir ocupándose de todo, que tenía que reaccionar y tomar una decisión, o terminaría por arruinarnos la vida. Pero mamá nunca contestaba. Y al final Marcela terminaba yéndose con un portazo, y esa noche papá pedía pizza porque no había nada para cenar, y a mí la pizza me encanta.

Yo le había dicho a Augusto que mamá había dejado de «creer en las cosas», y que entonces estaba «deprimida», y él quiso venir a ver cómo era. Hicimos algo muy feo que a veces me avergüenza: saltamos frente a ella un rato, mamá apenas movía la cabeza cuando le tapábamos el televisor; después le hicimos un sombrero con papel de diario, se lo probamos de distintas maneras y se lo dejamos puesto toda la tarde, ella ni se movió. Le quité el sombrero antes de que llegara papá. Estaba seguro de que mamá no iba a decirle nada, pero me sentía mal de todos modos.

Después llegó Navidad. Marcela hizo su pollo al horno con verduras horribles y como era una noche especial me preparó además papas fritas. Papá le pidió a mamá que dejara el sillón y cenara con nosotros. La movió cuidadosamente hasta la mesa –Marcela la había preparado con un mantel rojo, velas verdes y los platos que usamos para las visitas–, la sentó en una de las cabeceras y se alejó unos pasos hacia atrás, sin dejar de mirarla, supongo que pensó que podía funcionar, pero en cuanto él estuvo lo suficientemente lejos ella se levantó y volvió a su sillón. Así que mudamos las cosas a la mesa ratona del living y comimos ahí con ella. La tele estaba prendida, por supuesto, y el noticiero mostraba una nota sobre un sitio de gente pobre que había recibido regalos y comida de gente de más plata y ahora estaban muy contentos. Yo estaba nervioso y miraba todo el tiempo el árbol de Navidad porque ya iban a ser las doce y quería mi auto. Entonces mamá señaló el televisor. Fue como ver moverse un mueble. Papá y Marcela se miraron. En la tele Papá Noel estaba sentado en su living, con una mano abrazaba a un chico sentado sobre sus piernas y con la otra a una mujer parecida a la mamá de Augusto. La mujer se inclinaba y besaba a Papá Noel y Papá Noel te miraba y decía:

–…y cuando vuelvo a casa solo quiero estar con mi familia –y un logo de café se agrandaba en la pantalla.

Mamá se puso a llorar. Marcela me tomó de la mano y me dijo que subiera al cuarto. Yo me negué. Volvió a decírmelo, esta vez con el tono impaciente con el que le habla a mamá, pero nada iba a alejarme esa noche del árbol. Cuando Papá quiso apagar el televisor mamá empezó a luchar con él para alejarlo. Pero no lo consiguió. Sonó el timbre y yo dije:

–Es Papá Noel.

Marcela me dio una cachetada y papá le gritó. Empezaron a pelear. Y aunque mamá aprovechó para encender de nuevo el televisor, Papá Noel ya no estaba en ningún canal.

El timbre volvió a sonar y papá dijo:

–¿Quién mierda es?

Pensé que ojalá que no fuese el del correo porque papá ya estaba de mal humor y yo no quería que volvieran a pelear.

El timbre sonó muchas veces seguidas, y entonces papá se cansó, fue hasta la puerta, la abrió, y vio que era Papá Noel.

No era tan gordo como en televisión y se lo veía cansado, no podía mantenerse de pie y se apoyaba un momento de un lado de la puerta, otro momento del otro.

–¿Qué quiere? –dijo papá.

–Soy Papá Noel –dijo Papá Noel.

–Y yo soy Blanca Nieves –dijo papá y le cerró la puerta.

Entonces mamá se levantó, corrió hasta la puerta, la abrió y Papá Noel todavía estaba ahí, tratando de sostenerse, y lo abrazó. A papá le agarró un ataque:

–¿Este es el tipo, Irene? –le gritó a mamá, y empezó a decir malas palabras y a tratar de separarlos.

Y mamá le dijo a Papá Noel:

–Bruno, no puedo vivir sin vos, me estoy muriendo.

Papá logró separarlos y le dio a Papá Noel una trompada y Papá Noel cayó para atrás y quedó seco sobre la entrada. Mamá empezó a gritar como loca. Yo estaba preocupado por lo que le estaba pasando a Papá Noel, y porque todo esto atrasaba lo del auto, aunque me alegraba ver a mamá otra vez en movimiento.

Papá le dijo a mamá que iba a matarlos a los dos y mamá le dijo que si él era tan feliz con su amiga por qué ella no podía ser amiga de Papá Noel, cosa que a mí me pareció lógica. Marcela se acercó a ayudar a Papá Noel, que empezaba a moverse en el piso, y le dio una mano para que se levantara. Y entonces papá volvió a decirle de todo y mamá volvió a gritar. Marcela decía cálmense, entremos, por favor, pero nadie la escuchaba. Papá Noel se llevó la mano a la nuca y vio que le sangraba. Escupió a papá y papá le dijo:

–Maricón de mierda.

Y mamá le dijo a papá:

–Maricón serás vos, hijo de puta –y también le escupió.

Le dio a Papá Noel la mano, lo hizo entrar a la casa, se lo llevó a su cuarto y se encerró.

Papá se quedó como congelado, y en cuanto reaccionó se dio cuenta de que yo todavía seguía ahí y me mandó furioso a la cama. Yo sabía que no estaba en condiciones de discutir;

me fui al cuarto sin Navidad y sin regalo. Esperé acostado a que todo quedara en silencio, mirando nadar en las paredes el reflejo de los peces de plástico de mi velador. No tendría mi auto a control remoto, eso era clarísimo, pero Papá Noel dormía en casa esa noche y eso nos aseguraba a todos un año mucho mejor.

MUJERES DESESPERADAS

Al asomarse a la ruta, Felicidad comprende su destino. Él no la ha esperado y, como si el pasado fuese tangible, ella cree ver en el horizonte el débil reflejo rojizo de las luces traseras del auto. En la oscuridad llana del campo solo hay desilusión, un vestido de novia, y un baño en el que no debió haber tardado tanto.

Sentada sobre una piedra junto la puerta, quita del bordado del vestido los granitos de arroz. No llora todavía, sino que, absorta en su shock de abandono, corrige los pliegues del vestido, analiza sus uñas y contempla, como quien espera el regreso, la ruta por la que él se ha alejado.

–No vuelven –dice Nené, y Felicidad grita por el susto–. La ruta es una mierda.

La mujer está detrás de ella y enciende un cigarrillo.

–Una mierda, de lo peor.

Felicidad logra controlarse y entre los restos del temblor se reacomoda los breteles.

–¿El primero? –pregunta Nené y espera sin aprecio que el coraje de Felicidad le permita dejar de temblar para mirarla–. Te pregunto si el tipo es tu primer marido.

Felicidad logra una sonrisa forzada. Descubre en Nené el rostro viejo y amargo de una mujer que seguro ha sido mucho más hermosa que ella. Entre las marcas de una vejez prematura se conservan los ojos claros y unos labios de perfectas dimensiones.

–Sí, el primero –dice Felicidad con esa timidez que lleva el sonido hacia dentro.

Una luz blanca aparece en la ruta, las ilumina al pasar y se esfuma con su tono rojizo.

–¿Y qué? ¿Vas a esperarlo? –pregunta Nené.

Felicidad mira la ruta, el lado de la ruta por el que, de volver su marido, vería aparecer el auto. No se anima a responder.

–Mirá –dice Nené–, te la hago corta porque esto no da para más –Nené pisa el cigarrillo enfatizando las frases–: se cansan de esperar y te dejan, parece que esperar los deja agotados.

Felicidad sigue con cuidado el movimiento repetitivo de un nuevo cigarrillo que se acerca a la boca, del humo que se mezcla en la oscuridad, de los labios que otra vez aprietan el cigarrillo.

–Así que ellas lloran y los esperan… –continúa Nené– y los esperan… Y sobre todo lo demás, y durante todo el tiempo: lloran, lloran y lloran.

Felicidad deja de seguir el recorrido del cigarrilo. Cuando más necesita apoyo, cuando solo otra mujer podría entender lo que ella siente junto a un baño de damas, en la ruta, tras haber sido firmemente abandonada por su reciente esposo, solo tiene a esa mujer arrogante que antes le hablaba y ahora le grita.

–¡Y siguen llorando y llorando durante cada hora, cada minuto de todas las malditas noches!

Felicidad respira profundamente, sus ojos se llenan de lágrimas.

–Y meta llorar y llorar… Y le voy a decir algo. Esto se acaba. Estamos cansadas, agotadas, de escuchar sus estúpidas desgracias. Nosotras, señorita… ¿cómo dijo que se llamaba?

Felicidad quiere decir Felicidad, pero sabe que cualquier cosa que diga solo la conducirá al llanto.

–Hola… ¿Se llamaba…?

Entonces el llanto es incontenible.

–Fe… li… –Felicidad trata de controlarse, y aunque no lo logra resuelve la frase– … cidad.

–Bueno Feli-cidad, nosotras no podemos seguir soportando esta situación, esto se acaba, esto ya es insostenible.

Tras una gran aspiración el llanto vuelve a expandirse y humedece el rostro de Felicidad, que tiembla al respirar y niega con la cabeza.

–No lo puedo creer, que... –Felicidad respira– que él, que me haya...

Nené se incorpora. Estampa en la pared del baño el cigarrillo que aún no ha terminado, mira con desprecio a Felicidad y se aleja.

–¡Desconsiderada! –le grita Felicidad.

Pero unos segundos después, cuando entiende que se quedará sola, Felicidad la alcanza campo adentro.

–Espere... No se vaya, entienda...

Nené se detiene y la mira.

–Cállese –dice Nené y enciende otro cigarrillo–. Cállese, le digo, y escuche.

Felicidad deja de llorar y traga lo que podrían ser los comienzos de nuevos brotes de pena. Hay un momento de silencio en el que Nené no siente alivio sino que, aún más afligida y nerviosa que antes, dice:

–Bueno, ahora escuche. ¿Lo siente? –Nené mira hacia el campo negro.

Felicidad hace silencio y se concentra, pero no logra escuchar nada. Nené niega con reprobación.

–Es que lloró demasiado, tiene que esperar a que se le acostumbre el oído.

Felicidad mira hacia el campo y tuerce un poco la cabeza.

–Lloran... –dice Felicidad, en voz baja y casi con vergüenza.

–Sí. Lloran. ¡Sí, lloran! ¡Lloran toda la maldita noche! –Nené señala su rostro–: ¿No me ves la cara? ¿Cuándo dormimos? ¡Nunca! Lo único que hacemos es oírlas todas las malditas noches. Y no lo vamos a soportar más, ¿se entiende?

Felicidad la mira asustada. En el campo, voces y llantos de mujeres quejumbrosas repiten los nombres de sus maridos.

–¡Y todas lloran! –dice Nené.

Entonces las voces gritan:

–Psicótica.

–Desgraciada, insensible.

Y otras se suman:

–Dejanos llorar, histérica.

Nené mira furiosa hacia todos lados, grita al campo:

–¿Y que hay de nosotras, mariconas..? ¿Qué hay de las que hace más de cuarenta años que estamos acá, también abandonadas, y tenemos que escuchar sus estúpidas penitas todas las malditas noches?, ¿eh? ¿Qué hay?

Hay un silencio en el que Felicidad mira con espanto a Nené.

–¡Tomate un calmante! ¡Loca!

Aunque están campo adentro ven que en la ruta, a su altura, una luz blanca se detiene frente al baño. Todo sucede muy rápido. Una figura baja del coche y entra a la casillita.

–Otra –dice Nené, y como si este episodio fuese el último que pudiese soportar, se deja caer en el campo, agotada.

–¿Otra? –pregunta Felicidad–. ¿Otra mujer? ¿La van a abandonar? Por ahí la espera…

Nené se muerde los labios y niega. En el campo los gritos son cada vez menos amistosos.

–¡Vení, turrita! A ver como venís y das la cara.

–Vení ahora que no estas con tus amiguitas rebeldes.

–¡Insípida!

Felicidad toma la mano de Nené y trata de levantarla, señala hacia el baño.

–¡Hay que hacer algo! ¡Hay que avisarle a esa pobre mujer! –dice Felicidad.

Pero después se detiene y permanece en silencio, porque Felicidad ha visto el reflejo de su penoso pasado reciente: el auto que se aleja sin que la mujer que ha bajado haya tenido oportunidad de volver a subir, y las luces, antes blancas y brillantes, se pierden ahora hacia el otro lado, rojizas.

–Se fue –dice Felicidad–, se fue sin ella.

Como antes lo hizo Nené, deja que su cuerpo se desplome en el campo.

–Siempre es así, querida –Nené palmea la mano de Felicidad–. Es inevitable. En la ruta al menos… siempre.

–Pero… –dice Felicidad.

–Siempre –dice Nené.

–¿Dónde estás, turra? ¡Hablá!

Felicidad mira a Nené y comprende cuánto más grande es la tristeza de aquella mujer comparada con la suya.

–¡Infeliz!

–¡Vieja fea!

–¡Déjenla en paz! –dice Felicidad.

Se acerca a Nené y la abraza como se abraza a una niña.

–Ay, qué miedo –dice una de las voces–. Así que ahora tenés compañerita…

–Yo no soy compañerita de nadie –dice Felicidad–, solo trato de ayudar.

–Ay. Solo trata de ayudar.

–¡Cállense! –dice Nené.

–¿Y saben por qué la dejaron a esta en la ruta?

–¡Porque es una morsa flaca!

–No, la dejaron porque… –se ríen– porque mientras ella se probaba su vestidito de novia, nosotras ya nos acostábamos con su maridito.

Las risas se escuchan más cerca, tapan ya completamente los llantos. Desde el baño, una figura avanza hacia Nené y Felicidad a paso lento.

–Miren, ahí viene otra. ¡Turra!

A medida que la figura se acerca descubren el rostro de una vieja. Cada tanto, se detiene y contempla la ruta. Vestida en tonos dorados, deja ver en su escote el sensual encaje negro de una prenda interior. Ya cerca, antes de que pueda preguntar algo, Felicidad se adelanta:

–Siempre, en la ruta siempre, abuela.

Cuando la vieja las descubre, sentadas en el campo con sus vestidos de novia, endereza su postura y mira indignada hacia la ruta.

–Pero ¿cómo?

–No llore, por favor –dice Felicidad–. No empeore las cosas.

–Pero no puede ser… –dice la vieja, y en la desilusión cae de su mano, al campo, la libreta de matrimonio.

Mira con desprecio la ruta por la que se ha ido el coche y dice:

–¡Sinvergüenza, viejo impotente!

–¡Vení, turra!

–¡Por qué no se callan, cotorras! –grita Nené y se incorpora con violencia.

–¡Te vamos a agarrar, culebra!

En busca de comprensión la vieja mira a Felicidad, que al igual que Nené se ha incorporado y estudia con angustia la oscuridad del campo.

–Poné la cara, vení. –Las voces de las mujeres se oyen cada vez más cerca.

Felicidad y Nené se miran. Bajo los pies sienten el temblor de un campo por el que avanzan cientos de mujeres desesperadas.

–¿Qué pasa? –dice la vieja–. ¿Qué son las voces, qué quieren?

Se agacha, recoge la libreta y, como lo hacen Felicidad y Nené, retrocede hacia la ruta sin voltearse, sin perder de vista esa masa negra en la oscuridad del campo que parece acercarse a ellas cada vez más.

–¿Cuántas son? –pregunta Felicidad.

–Muchas –dice Nené–, demasiadas.

Los comentarios y los insultos son tantos y tan cercanos que es inútil responder o tratar de llegar a un acuerdo.

–¿Qué hacemos? –dice Felicidad

Las tres retroceden cada vez más rápido.

–No se te ocurra llorar –dice Nené.

La vieja se toma del brazo de Felicidad, se aferra al vestido de novia y lo arruga en sus manos nerviosas.

–No se asuste, abuela, todo está bien –dice Felicidad.

Pero las burlas son ya tan fuertes que la vieja no alcanza a escuchar. Sobre la ruta, a lo lejos, un punto blanco crece como una nueva luz de esperanza. Quizá Felicidad piense ahora, por última vez, en el amor. Quizá piense para sí misma: Que no la deje, que no la abandone.

–Si para nos subimos –grita Nené.

–¿Qué dice? –pregunta la vieja.

Ya están cerca del baño.

–Que si el auto para… –dice Felicidad.

–¿Cómo? –insiste la vieja.

El murmullo avanza sobre ellas. Aunque no las ven, saben que las mujeres están ahí, a pocos metros. Felicidad grita. Algo como manos le roza las piernas, el cuello, la punta de los dedos. Felicidad grita y no escucha las órdenes de Nené, que se ha alejado y le dice que agarre a la vieja y corra. El coche se detiene frente al baño. Nené se vuelve hacia Felicidad y le ordena que avance, que arrastre a la vieja. Pero es la vieja quien reacciona y arrastra a Felicidad hacia Nené, que ya está junto al coche a la espera de que la mujer se baje, para subir y obligar al hombre a conducir.

–No me sueltan –grita Felicidad–. ¡No me sueltan! –Mientras espanta desesperada las últimas manos que la retienen.

La vieja empuja. Tira de Felicidad con todas sus fuerzas. Nené espera ansiosa que se abra la puerta, que la mujer baje. Pero el que se baja es él. Con las luces recortando el camino aún no ha visto a las mujeres, y baja apurado buscando en su pantalón la hebilla de la bragueta con la que bajará el cierre. Entonces el barullo aumenta. Las risas y las burlas se olvidan de Nené y se dirigen pura y exclusivamente a él. Llegan a sus oídos. En los ojos del hombre, el terror de un conejo frente a las fieras. Cuando se detiene, ya es tarde. Nené ha dado la vuelta y sube al auto por la puerta del hombre. Sostiene a la mujer, que intenta zafarse, y abre una puerta trasera por la que entran Felicidad y la vieja.

–Sosténganla –dice Nené, y suelta a la mujer para dejarla en manos de la vieja, que obedece la orden sin preguntar.

–Si se quiere bajar dejala –dice Felicidad–, por ahí ellos sí se quieren y nosotros no tenemos por qué meternos.

La mujer logra zafarse de la vieja pero no se baja, dice qué quieren, de dónde vienen, una pregunta tras otra, hasta que Nené le abre la puerta.

–Bajá, rápido –le dice.

Desde el auto se escuchan los gritos de las mujeres y frente a ellas permanece, despegada de la oscuridad por las luces del auto, la figura aterrada e inmóvil de un hombre que ya no piensa en lo mismo que pensaba hace un rato.

–No me bajo nada –dice la mujer. Mira al hombre sin aprecio y después a Nené–. Arrancá antes de que vuelva –dice, y traba la puerta de su lado.

Nené enciende el motor. El hombre escucha el automóvil y se vuelve hacia ellas.

–¡Arrancá! –grita la mujer.

La vieja aplaude nerviosa, aprieta con firmeza la mano de Felicidad, que con espanto mira al hombre que se acerca. Con dos ruedas laterales fuera de la ruta, el auto patina sobre el barro. Nené mueve el volante sin control y por un momento los faros del coche iluminan el campo. Pero lo que se ve entonces no es justamente el campo: la luz del auto se pierde en la inmensidad de la noche y por un momento distingue en la oscuridad la masa descomunal de un centenar de mujeres. Corren hacia el auto, o mejor dicho hacia el hombre, que, entre ellas y la multitud, aguarda su llegada paralizado, como si esperara la muerte.

Una patada de la mujer sobre el pie de Nené activa el acelerador y, con la imagen de las mujeres ya sobre el hombre, Nené logra regresar el auto a la ruta. El motor esconde los gritos y las burlas y pronto todo es silencio y oscuridad.

La mujer se acomoda en el asiento.

–Nunca lo quise –dice–, cuando se bajó pensé en dejarlo en la ruta, pero no sé, el instinto maternal…

Ninguna la escucha. Todas, incluso ella ahora, se concentran en la ruta y permanecen un rato en silencio. Es entonces cuando sucede.

–No puede ser –dice Nené.

Frente a ellas, a lo lejos, el horizonte comienza a iluminarse de pequeños pares de luces blancas.

–¿Qué? –dice la vieja, que no alcanza a ver–. ¿Qué pasa?

En el asiento del acompañante, la mujer mira cada tanto a Nené, esperando una explicación. Los pares de luces crecen, se acercan hacia ellas. Felicidad se asoma entre los asientos delanteros.

–Vuelven –dice, sonríe y mira a Nené.

En la ruta, los primeros pares de luces ya son coches casi sobre ellas, y pasan ahora a toda velocidad.

–Se arrepintieron –dice Felicidad–. Son ellos, ¡vuelven a buscarnos!

–No –dice Nené.

Enciende un cigarrillo y después, soltando el humo, agrega:

–Son ellos. Pero vuelven por él.

EL CAVADOR

Necesitaba descansar, así que alquilé una casona en un pueblo de la costa, lejos de la ciudad. Quedaba a quince kilómetros del pueblo, siguiendo el camino de ripio, hacia el mar. Dos huellas de tierra se abrían hacia ella, casi oculta entre los pastizales que, a los pocos metros, me impidieron seguir con el coche. El techo de la planta alta ya se veía a lo lejos, así que me animé a bajar, tomé lo imprescindible y seguí a pie. Oscurecía y, aunque no se veía el mar, podía escuchar las olas alcanzar la orilla. A pocos metros tropecé con algo.

–¿Es usted?

Retrocedí asustado.

–¿Es usted, don? –Un hombre se incorporó con dificultad–. No desperdicié ni un solo día, eh… Se lo juro por mi mismísima madre…

Hablaba apurado; estiró las arrugas de la ropa y se acomodó el pelo.

–Pasa que justo anoche… Imagínese, don, que estando tan cerca no iba a dejar las cosas para el otro día. Venga, venga –dijo, y se metió en un pozo que había entre los yuyales, a solo un paso de donde nos encontrábamos.

Me agaché y asomé la cabeza. El agujero medía más de un metro de diámetro y adentro no se alcanzaba a ver nada. ¿Para quién trabajaría un obrero que no reconocía ni a su propio capataz? ¿Qué andaría buscando para cavar tan profundo?

–Don, ¿baja?

–Creo que se equivoca.

–¿Qué?

Le dije que no bajaría y, como no contestó, me fui para la casa. Recién cuando llegué a las escaleras de entrada escuché un lejano: «Muy bien, don, lo que usted diga».

A la mañana siguiente salí a buscar el equipaje que había dejado en el auto. Sentado en la galería de la casa, el hombre cabeceaba vencido por el sueño y sujetaba entre las rodillas una pala oxidada. Al verme la dejó y se apresuró a alcanzarme. Caminó en silencio detrás de mí. Esperó a que yo bajara todo del coche y cargó lo más pesado. Preguntó si los paquetes eran parte del plan.

–Disculpe, pero necesito organizarme –dije y, al llegar a la puerta, le quité lo que cargaba para evitar que entrara a la casa.

–Sí, sí, don. Como usted diga.

Entré y cerré. Desde las ventanas de la cocina vi la playa. Apenas había algunas olas, el mar estaba ideal para nadar. Crucé la cocina y espié por la ventana del frente: el hombre seguía ahí. De a ratos miraba hacia el pozo y de a ratos estudiaba el cielo. Cuando salí, corrigió la postura y me saludó respetuoso.

–¿Qué hacemos, don?

Me di cuenta de que un gesto mío habría bastado para que el hombre se echara a correr hacia el pozo y se pusiera a cavar. Miré hacia los pastizales.

–¿Cuánto cree usted que falte?

–Poco, don, muy poco…

–¿Cuánto es poco para usted?

–Poco… no sabría decirle.

–¿Cree que pueda terminarlo hoy?

–No puedo asegurarle nada… Usted sabe: esto no depende solo de mí.

–Bueno, si tanto quiere hacerlo, hágalo. Termine de una vez, por favor.

–Delo por hecho, don.

Vi al hombre tomar la pala, bajar los escalones de la casa hasta el pastizal y perderse en el pozo.

Más tarde fui al pueblo. Era una mañana de sol y quería comprar un short de baño para aprovechar el mar; a fin de cuentas, no tenía por qué preocuparme por un hombre que cavaba un pozo en una casa que no me pertenecía. Entré a la única tienda que encontré abierta. Cuando el empleado estaba envolviendo mi compra, preguntó:

–¿Y cómo va su cavador?

Me quedé unos segundos en silencio, esperando quizá que algún otro contestara.

–¿Mi cavador?

Me alcanzó la bolsa. Le extendí el dinero y miré al hombre, extrañado; antes de irme no pude evitar preguntarle:

–¿Cómo sabe del cavador?

–¿Que cómo sé del cavador? –dijo, como si no me comprendiese.

Volví a la casa y el cavador, que esperaba dormido en la galería, se despertó en cuanto abrí la puerta.

–Don –dijo poniéndose de pie–, hubo grandes avances, puede que estemos cada vez más cerca…

–Pienso bajar a la playa antes de que oscurezca.

No recuerdo por qué me había parecido una buena idea decírselo, quizá porque no había nadie más con quien conversar. Pero ahí estaba él, feliz por el comentario y dispuesto a acompañarme. Esperó afuera a que me cambiara y un poco más tarde caminábamos hacia el mar.

–¿No hay problema en que deje el pozo? –pregunté.

El cavador se detuvo.

–¿Prefiere que vuelva?

–No, no, le pregunto.

–Es que cualquier cosa que pase… –amagó con regresar– sería terrible, don.

–¿Terrible? ¿Qué puede pasar?

–Hay que seguir cavando.

–¿Por qué?

Miró el cielo, primero hacia un lado, luego hacia el otro.

–Bueno, no se preocupe –continué caminando–, venga conmigo.

El cavador me siguió, indeciso.

Ya en la playa, a pocos metros del mar, me senté para sacarme los zapatos y las medias. El hombre se sentó junto a mí, dejó a un lado la pala y se quitó las botas.

–¿Sabe nadar? –pregunté–. ¿Por qué no me acompaña?

–No, don. Yo lo miro, si le parece. Y traje la pala, por si se le ocurre un nuevo plan.

Me incorporé y caminé hacia el mar. El agua estaba fría, pero sabía que el hombre me miraba y no quería echarme atrás.

Cuando regresé, el cavador ya no estaba.

Con un sentimiento de fatalidad busqué posibles huellas hacia el agua, por si acaso había seguido mi sugerencia. No encontré nada y decidí volver. Revisé el pozo y los alrededores. En la casa, recorrí las habitaciones con desconfianza. Me detuve en los descansos de la escalera, lo llamé en voz alta desde los pasillos, algo avergonzado. Más tarde salí. Caminé hasta el pozo, me asomé y lo llamé otra vez. No se veía nada. Me acosté en el suelo para meter la mano y tanteé las paredes: se trataba de un trabajo prolijo, de aproximadamente un metro de diámetro, que se hundía hacia el centro de la tierra. Pensé en la posibilidad de meterme, pero enseguida la deseché. Entonces apoyé una mano para levantarme, y los bordes se quebraron. Me aferré a los pastizales y, paralizado, oí el ruido de la tierra cayendo en la oscuridad. Mis rodillas resbalaron en el borde y vi cómo la boca del pozo se desmoronaba y se perdía en su interior. Me puse de pie y observé el desastre. Miré con miedo a mi alrededor, el cavador no se veía por ningún lado. Se me ocurrió que podría arreglar los bordes con un poco de tierra húmeda, aunque necesitaría una pala y algo de agua.

Volví a la casa. Abrí los placares, revisé dos cuartos traseros a los que nunca había entrado, busqué en el lavadero. Al fin, en una caja junto a otras herramientas viejas, encontré una pala de jardinería. Era pequeña, pero serviría para empezar. Cuando salí de la casa, me encontré frente a frente con el cavador. Escondí la pala detrás de mi cuerpo.

–Lo estaba buscando, don. Tenemos un problema.

Por primera vez, el cavador me miraba con desconfianza.

–Diga –dije.

–Alguien más ha estado cavando.

–¿Alguien más? ¿Está seguro?

–Conozco el trabajo. Alguien ha estado cavando.

–¿Y usted dónde estaba?

–Afilaba la pala.

–Bueno –dije, tratando de ser terminante–, usted cave cuanto pueda y no vuelva a dispersarse. Yo vigilo los alrededores.

Vaciló. Se alejó algunos pasos pero al fin se detuvo y me miró. Distraído, yo había dejado caer mi brazo y la pala colgaba junto a mis piernas.

–¿Va a cavar, don?

Instintivamente oculté la pala. Él parecía no reconocer en mí al hombre que yo había sido para él hasta un momento antes.

–¿Va a cavar? –insistió.

–Lo ayudo. Usted cava un rato y yo sigo cuando se canse.

–El pozo es suyo –dijo–, usted no puede cavar.

Entonces el cavador levantó la pala y, mirándome a los ojos, volvió a clavarla en la tierra.

MATAR A UN PERRO

El Topo dice: nombre y yo contesto. Lo esperé en el lugar indicado y me pasó a buscar en el Peugeot que ahora conduzco. Acabamos de conocernos. No me mira, dicen que nunca mira a nadie a los ojos. Edad, dice, cuarenta y dos, digo, y cuando dice que soy viejo pienso que él seguro tiene más. Lleva unos pequeños anteojos negros y debe ser por eso que le dicen el Topo. Me ordena conducir hasta la plaza más cercana, se acomoda en el asiento y se relaja. La prueba es fácil pero es muy importante superarla y por eso estoy nervioso. Si no hago las cosas bien no entro, y si no entro no hay plata. No hay otra razón para entrar. Matar un perro a palazos en el puerto de Buenos Aires es la prueba para saber si uno es capaz de hacer algo peor. Ellos dicen: algo peor, y miran hacia otro lado, como si nosotros, la gente que todavía no entró, no supiéramos que peor es matar a una persona, golpear a una persona hasta matarla.

Cuando la avenida se divide en dos calles opto por la menos transitada. Una línea de semáforos rojos cambia a verde, uno tras otro, y permite avanzar rápido hasta que entre los edificios surge un espacio oscuro y verde. Pienso que quizá en esa plaza no haya perros y el Topo ordena detenerse. Usted no trae palo, dice. No, digo. Pero no va a matar un perro a palazos si no tiene con qué. Lo miro pero no contesto, sé que va a decir algo, porque ahora lo conozco, es fácil conocerlo. Pero disfruta del silencio, disfruta pensar que cada palabra que diga son puntos en mi contra. Entonces traga saliva y parece pensar: no va a matar a nadie. Y al fin dice: hoy tiene una pala en el baúl, puede usarla. Y seguro que, bajo los anteojos, los ojos le brillan de placer.

Alrededor de la fuente central duermen varios perros. La pala firme entre mis manos, la oportunidad puede darse en cualquier momento, me voy acercando. Algunos comienzan a despertar. Bostezan, se incorporan, se miran entre sí, me miran, gruñen, y a medida que me voy acercando se hacen a un lado. Matar a alguien en especial, a alguien ya elegido, es fácil. Pero tener que elegir quién deberá morir requiere tiempo y experiencia. El perro más viejo o el más joven o el de aspecto más agresivo. Debo elegir. Es seguro que el Topo mira desde el auto y sonríe. Debe pensar que nadie que no sea como ellos es capaz de matar.

Me rodean y me huelen, algunos se alejan para no ser molestados y vuelven a dormirse, se olvidan de mí. Para el Topo, tras los vidrios oscuros del auto, y los oscuros vidrios de sus anteojos, yo debo ser pequeño y ridículo, aferrado a la pala y rodeado de perros que ahora vuelven a dormir. Uno blanco, manchado, le gruñe a otro negro, y cuando el negro le da un tarascón un tercer perro se acerca, ladra y muestra los dientes. Entonces el primero muerde al negro, y el negro, los dientes blancos en la noche, lo toma por el cuello y lo sacude. Levanto la pala y el golpe cae sobre las costillas del manchado que, aullando, cae. Está quieto, va a ser fácil transportarlo, pero cuando lo tomo por las patas reacciona y me muerde el brazo, que enseguida comienza a sangrar. Levanto otra vez la pala y le doy un golpe en la cabeza. El perro vuelve a caer y me mira desde el piso, con la respiración agitada pero quieto.

Lentamente al principio y después con más confianza junto las patas del perro, lo cargo y lo llevo hacia el auto. Entre los árboles se mueve una sombra, el borracho que se asoma dice que eso no se hace, que después los perros saben quién fue y se lo cobran. Ellos saben, dice, saben, ¿entiende?, se sienta en un banco y me mira nervioso. Cuando voy llegando al auto veo al Topo sentado, esperándome en la misma posición en la que estaba antes, y sin embargo noto abierto el baúl del Peugeot. El perro cae como un peso muerto y me mira cuando cierro el baúl. En el auto el Topo dice: si lo dejabas en el piso se levantaba y se iba. Sí, digo. No, dice, antes de irte tenías que abrir el baúl. Sí, digo. No, tenías que hacerlo y no lo hiciste, dice. Sí, digo, y me arrepiento enseguida, pero el Topo no dice nada y me mira las manos. Miro las manos, miro el volante y veo que todo está manchado, hay sangre en mi pantalón y sobre la alfombra del auto. Tendrías que haber usado guantes, dice. La herida duele. Venís a matar un perro y no traés guantes, dice. Sí, digo. No, dice. Ya sé, digo, y me callo. Prefiero no decir nada del dolor. Enciendo el motor y el coche sale suavemente.

Trato de concentrarme, descubrir cuál de todas las calles que van apareciendo podría llevarme al puerto sin que el Topo tenga que decir nada. No puedo darme el lujo de otra equivocación. Quizá estaría bien detenerse en una farmacia y comprar un par de guantes, pero los guantes de farmacia no sirven y las ferreterías a esta hora están cerradas. Una bolsa de nylon tampoco sirve. Puedo quitarme la campera, enrollarla en la mano y usarla de guante. Sí, voy a trabajar así. Pienso en lo que dije: trabajar, me gusta saber que puedo hablar como ellos. Tomo la calle Caseros, creo que baja hasta el puerto. El Topo no me mira, no me habla, no se mueve, mantiene la mirada hacia delante y la respiración suave. Creo que le dicen el Topo porque debajo de los anteojos tiene ojos pequeños.

Después de varias cuadras Caseros cruza Chacabuco. Después Brasil, que sale al puerto. Volanteo y entro con el coche inclinándose hacia un lado. En el baúl, el cuerpo golpea contra algo y después se oyen ruidos, como si el perro todavía tratara de levantarse. El Topo, creo que sorprendido por la fuerza del animal, sonríe y señala a la derecha. Entro por Brasil frenando, las ruedas chillan y, con el coche de costado, otra vez hay ruido en el baúl, el perro tratando de arreglárselas entre la pala y las otras cosas que hay atrás. El Topo dice:

Frená. Freno. Dice: Acelerá. Sonríe. Acelero. Más, dice, acelerá más. Después dice: Frená, y freno. Ahora que el perro se golpeó varias veces, el Topo se relaja y dice: seguí. Sigo. Y no dice nada más. La calle por la que conduzco ya no tiene semáforos ni líneas blancas, y las construcciones son cada vez más viejas. En cualquier momento llegamos al puerto.

El Topo señala a la derecha. Dice que avance tres cuadras más y doble a la izquierda, hacia el río. Obedezco. Enseguida llegamos al puerto y detengo el auto en una playa de estacionamiento ocupada por grandes grupos de containers. Miro al Topo pero no me mira. Sin perder tiempo, bajo del auto y abro el baúl. No preparé el abrigo alrededor del brazo pero ya no necesito guantes, ya está todo hecho, hay que terminar pronto para irse. En el puerto vacío solo se ven, a lo lejos, luces débiles y amarillas que iluminan un poco unos cuantos barcos. Quizá el perro ya esté muerto, pienso que sería lo mejor, que la primera vez le tendría que haber pegado más fuerte y seguro ahora estaría muerto. Menos trabajo, menos tiempo con el Topo. Yo lo hubiera matado directamente, pero el Topo hace las cosas así. Son caprichos, traerlo medio muerto hasta el puerto no hace más valiente a nadie. Matarlo delante de todos esos otros perros era más difícil.

Cuando lo toco, cuando junto las patas para bajarlo del auto, abre los ojos y me mira. Lo suelto y cae contra el piso del baúl. Con la pata delantera raspa la alfombra manchada de sangre, trata de levantarse y la parte trasera del cuerpo le tiembla. Todavía respira y respira agitado. El Topo debe estar contando el tiempo. Vuelvo a levantarlo y algo le debe doler porque aúlla aunque ya no se mueve. Lo apoyo en el piso y lo arrastro para alejarlo del auto. Cuando vuelvo al baúl a buscar la pala el Topo se baja. Ahora está junto al perro, mirándolo. Me acerco con la pala, veo la espalda del Topo y detrás, en el piso, el perro. Si nadie se entera de que maté un perro nadie se entera de nada. El Topo no gira para decirme ahora. Levanto la pala. Ahora, pienso. Pero no la bajo. Ahora, dice el Topo.

No la bajo ni sobre la espalda del Topo ni sobre el perro. Ahora, dice, y entonces la pala baja cortando el aire y golpea en la cabeza del perro que, en el suelo, grita, y después todo queda en silencio.

Enciendo el motor. Ahora el Topo va a decirme para quién voy a trabajar, cuál va a ser mi nombre, y por cuánta plata, que es lo que importa. Tomá Huergo y después doblá en Carlos Calvo, dice.

Hace rato que conduzco. El Topo dice: en la próxima frená sobre el lado derecho. Obedezco y por primera vez el Topo me mira. Bájese, dice. Me bajo y él se pasa al asiento del conductor. Me asomo por la ventanilla y le pregunto qué va a pasar ahora. Nada, dice: Usted dudó. Enciende el motor y el Peugeot se aleja en silencio. Cuando miro a mi alrededor me doy cuenta de que me dejó en la plaza. En la misma plaza. Desde el centro, cerca de la fuente, un grupo de perros se incorpora, poco a poco, y me mira.

HACIA LA ALEGRE CIVILIZACIÓN

Ha perdido su pasaje y tras las rejas blancas de la boletería se le ha negado la compra de otro por falta de cambio. Desde un banco de la estación, mira el inmenso campo seco que se abre hacia los lados. Cruza las piernas y extiende las páginas del periódico para encontrar artículos que apuren el paso del tiempo. La noche cubre el cielo y a lo lejos, sobre la línea negra en la que se pierden los rieles de la estación, una luz amarilla anuncia próximo el último tren de la tarde. Gruner se incorpora. El diario cuelga de su mano como un arma que ya no tiene utilidad. Adivina en la ventanilla de la boletería una sonrisa que, oculta tras las rejas, está exclusivamente dirigida a él. Un perro flaco que antes dormía se incorpora atento. Gruner avanza hacia la ventanilla, confía en la hospitalidad de la gente de campo, en la camaradería masculina, en la buena voluntad que nace en los hombres que son bien encarados. Va a decir por favor, qué le cuesta, usted sabe que ya no hay tiempo de encontrar cambio. Y si el hombre se niega va a preguntar por otras opciones, usted sabe, comprar el boleto en el tren o, al llegar, pedirlo en la boletería de la terminal. Hágame un vale al menos, facilíteme un papel que indique que debo abonarlo después. Pero ya en la ventanilla, cuando las luces del tren prolongan las sombras y la bocina es fuerte y molesta, Gruner descubre que tras las rejas no hay nadie, solo un banco alto y una mesa atiborrada de papeles sin sellar, futuros boletos hacia distintos destinos. Con el tren que entra a la estación a velocidad considerable los ojos de Gruner encuentran, a un lado de las vías y en el campo, al hombre que aún sonríe y mediante señas indica al conductor que no debe detenerse, puesto que nadie ha comprado un boleto. Después, al alejarse el sonido de la máquina, el perro vuelve a echarse y la única lámpara de la estación parpadea hasta apagarse por completo. El diario ahora enroscado vuelve a apoyarse en el regazo de Gruner sin que ninguna conclusión logre incorporarlo para ir en busca del miserable que le ha negado la civilización alegre de la Capital.

Todo permanece quieto y en silencio. Incluso Gruner, sentado en la punta de un banco en la noche fresca. Una sombra se mueve entre los faros de luz y los bancos, y se revela como el hombre de la boletería. Se acerca con sigilo, se sienta en la otra punta del banco y apoya junto a él un tazón con un líquido humeante. Lo arrastra hasta dejarlo a unos pocos centímetros de Gruner. Se aclara la garganta y mira el gran campo negro que se extiende frente a ellos. Gruner, con el humo del tazón despertándole el apetito, se concentra en la resistencia. Piensa que, después de todo, de alguna forma llegará a la Capital y denunciará lo ocurrido. Pero su mano se mueve sola hacia al tazón, y el calor entre los dedos lo distrae. Si quiere hay más, dice el hombre, y entonces Gruner –no, él no lo hubiese hecho–, las manos de Gruner, levantan el cálido recipiente y lo llevan a la boca: un remedio milagroso que reanima el cuerpo. Con el último sorbo comprende que, de tratarse de una guerra, el miserable contaría ya con dos batallas ganadas. Victorioso, el hombre se incorpora, toma el tazón vacío y se aleja.

El perro está enroscado, el hocico escondido entre el estómago y las patas traseras, y aunque Gruner lo ha llamado varias veces no hace caso. Se le ocurre que lo que había en el tazón era la comida del perro y está preocupado por saber cuánto tiempo hace que ese perro está allí. Saber si en algún momento ese perro también habrá querido viajar de un sitio a otro, como él esa misma tarde. Tiene la ocurrencia de que los perros del mundo son el resultado de hombres cuyos objetivos de desplazamiento han fracasado. Hombres alimentados y retenidos a puro caldo humeante, a los que los pelos les crecen, las orejas se les caen y la cola se les estira, un sentimiento de terror y frío que incita a todos al silencio, a permanecer acurrucados bajo algún banco de estación, contemplando a los nuevos fracasados que, como él, aún con esperanza, aguardan la oportunidad de su viaje.

Una sombra se mueve en la boletería. Gruner se incorpora y camina con decisión. Desde el enrejado blanco escapan vapores de calefacción impregnados de aromas hogareños. El hombre sonríe con amabilidad y ofrece más caldo. Gruner pregunta a qué hora pasa el próximo tren. Dentro de una hora, dice el hombre, y su mano ofendida cierra la ventana de la boletería para dejarlo otra vez solo.

Todo se repite como en un ciclo natural, piensa Gruner más tarde mientras observa desolado la nueva línea de vagones que otra vez se aleja reproduciendo la imagen del tren anterior. De todos modos amanecerá y los trabajadores se acercarán a la estación para comprar boletos, muchos de ellos probablemente con cambio. Si hay trenes a la Capital es gracias a los pasajeros que cada mañana deben volver a viajar en tren. Sí, en cuanto llegue denunciará a ese hombre y en algún día libre regresará con cambio a la estación del miserable solo para comprobar que él ya no trabaja allí. Con el alivio de esa certeza se sienta en el banco, y espera.

Pasa un tiempo en el que los ojos de Gruner se acostumbran a la noche y leen formas hasta en los sitios más oscuros. Así es como descubre a la mujer, su figura apoyada en el marco de la puerta del salón de espera, y ve el gesto de su mano que lo invita a pasar. Gruner, seguro de que el gesto ha sido para él, se incorpora y camina hacia ella, que sonríe y en efecto lo invita a pasar.

En la mesa hay tres platos, los tres servidos, y la comida humeante no es sopa, caldo, o comida para perros, sino presas sustanciosas bañadas en una aromática crema blanca. Huele a pollo, a queso, y a papa, y después, cuando la mujer suma a la mesa la cacerola repleta de verduras, Gruner recuerda las cenas típicas de la alegre civilización de la Capital. Aquel hombre miserable, inaccesible a la hora de comprar un boleto, entra ahora y le ofrece a Gruner un asiento.

–Siéntese, por favor. Como en su casa.

El hombre y la mujer comen satisfechos. Junto a ellos está Gruner, su plato también servido. Sabe que afuera el frío es húmedo e inhóspito y sabe también que ha perdido otra batalla, puesto que no tarda en llevarse a la boca el primer bocado de una exquisita presa de pollo. Pero la comida no asegura una pronta salida.

–Usted no me vende el boleto por alguna razón –dice Gruner.

El hombre mira a la mujer y pregunta por el postre. Del horno surge una tarta de manzana que pronto se reparte equitativamente. La mujer y el hombre se miran con ternura al ver cómo Gruner devora su porción.

–Pe, llevalo al cuarto que debe estar cansado –dice la mujer, y entonces el primer bocado de una segunda porción de tarta que se dirigía a la boca de Gruner se detiene y espera.

Pe se incorpora y pide a Gruner que lo acompañe.

–Puede dormir adentro. Afuera hace frío. No hay más trenes hasta la mañana.

No hay opción, piensa Gruner, y deja el resto de tarta para seguir al hombre hasta el cuarto de huéspedes.

–Su cuarto –dice el hombre.

No pagaré por esto, piensa Gruner, mientras comprueba que las dos frazadas de la cama parecen nuevas y abrigadas. Hará la denuncia de todos modos, la hospitalidad no compensa lo ocurrido. Del cuarto de al lado llegan débiles los comentarios de la pareja. Antes de quedarse dormido, Gruner escucha a la mujer decirle a Pe que debe de ser más considerado, que el hombre está solo y debe extrañar, y la voz de un Pe ofendido, contando cómo lo único que le importa a ese miserable es comprar su boleto de regreso. Desagradecido es lo último que llega a sus oídos, el sonido de la palabra se pierde gradualmente y renace por la mañana cuando el silbato de un tren alejándose lo despierta en un nuevo día en el campo.

–No lo despertamos porque dormía muy tranquilo –dice la mujer–, espero que no le moleste.

Café con leche caliente y tostadas de canela con manteca y miel. Mientras Gruner desayuna en silencio, sigue con la mirada los pasos de la mujer que cocina lo que al parecer será el almuerzo. Entonces algo ocurre. Un oficinista, un hombre de facciones orientales vestido como él, uno que posiblemente tome el próximo tren y lleve consigo suficiente cambio para dos boletos, entra a la cocina y saluda a la mujer.

–Hola, Fi –dice, y con el cariño de un hijo besa a la mujer en la mejilla–. Ya terminé afuera, ¿ayudo a Pe en el campo?

Una vez más, la comida que se dirigía a la boca de Gruner, en este caso una tostada, se detiene a mitad de camino y permanece en el aire.

–No, Cho, gracias –dice Fi–. Gong y Gill ya fueron, tres alcanzan para eso, ¿podrías conseguir un conejo para la cena?

–Seguro –responde Cho que, ganando entusiasmo, toma el rifle que cuelga junto a la chimenea y se retira.

La tostada de Gruner regresa al plato y queda allí. Gruner va a preguntar algo pero entonces la puerta vuelve a abrirse y otra vez entra Cho, que primero lo mira a él, y después, con curiosidad, se dirige a la mujer.

–¿Es nuevo? –pregunta.

Fi sonríe y mira a Gruner con cariño.

–Llegó ayer.

Las acciones de Gruner en el primer día son iguales a las de todas las personas que alguna vez estuvieron en esa situación. Recluirse ofendido y pasar la mañana junto a la boletería de un tren que no llega. Después, negarse a almorzar y, por la tarde, estudiar en secreto las actividades del grupo. Bajo el mando de Pe, los oficinistas trabajan la tierra. Descalzos, los pantalones arremangados hasta los tobillos, sonríen y festejan sus propias ocurrencias. Después Fi trae té para todos y todos, Pe, Cho, Gong y Gill, le hacen señas a Gruner, que se creía oculto, para invitarlo a unirse al grupo.

Pero Gruner, lo sabemos, se niega. Nada más terco que un oficinista como él. De escritorios sin divisiones, pero con línea telefónica particular, en el campo aún conserva su orgullo y sentado en un banco de madera se esfuerza por permanecer inmóvil durante toda la tarde. Aunque no pase ningún tren, piensa. Aunque me pudra en este asiento. La noche los reúne a todos en la preparación de una cálida cena familiar, donde las luces de la casa se encienden poco a poco y los primeros aromas de lo que será una gran comida escapan hacia el frío por las rendijas de las puertas. Gruner, con la paciencia y el orgullo atenuados con el correr del día, se rinde sin culpa y se prepara para aceptar la invitación: una puerta que se abre y la mujer que, como la noche anterior, lo invita a pasar. Dentro, el murmullo familiar. Con fraternales palmadas en los hombros, Pe felicita a sus hombres de oficina mientras ellos, agradecidos por todo, preparan una mesa que a Gruner le recuerda aquellas íntimas festividades navideñas de su infancia y, por qué no, a la alegre civilización de la Capital. Un Cho triunfal, complacido cazador exitoso, sirve el conejo. En la mesa rectangular, Pe y Fi se ubican a las cabeceras. A un lado se encuentran los oficinistas y, frente a ellos, Gruner, que a pedido de Gong y Gill pasa a uno y a otro lado de la mesa un salero que se solicita constantemente pero nunca alcanza a ser utilizado, hasta que Pe descubre en los rostros infantiles de Gong y Gill sonrisas ansiosas e infectadas de malicia, y con un llamado de atención concede a Gruner la posibilidad de abstenerse de ese pase agotador y de probar, por fin y ya de noche, su primer plato del día.

En los días siguientes Gruner ensaya diversas estrategias. Sobornar a Pe, o incluso a Fi, en busca de cambio, es lo primero que se le ocurre. Después, con lágrimas en los ojos, ofrecer el boleto a la ciudad a cambio de todo su dinero, nada de vuelto, suplica, quédese con todo, suplica una y otra vez, y escucha con desesperación una respuesta que habla de cierta ética ferroviaria que implica la imposibilidad de quedarse con dinero ajeno. Propone Gruner en esos días comprarles algo. La suma del precio de su boleto más cualquier cosa que ellos deseen venderle será el total de su dinero, el trato sería perfecto. Pero tampoco. Y debe soportar las risas escondidas de los oficinistas, y otra cena familiar.

Las primeras tareas de Gruner que comienzan a hacerse habituales son el lavado de los platos después de la cena y, en la mañana, la preparación de la comida del perro. Después suplica otra vez. Ofrece pagar a cambio de su trabajo. Pagar por cualquier cosa, pagar por la merienda. Arrimarse poco a poco a las tareas de campo. Charlar una que otra vez con los hombrecitos de oficina. Descubrir en Gong facultades increíbles en lo que se refiere a teorías de eficiencia y trabajo grupal. En Gill, a un abogado de alto prestigio. En Cho, un contador capaz. Volver a llorar frente a la boletería y por la noche ofrecerse para preparar el almuerzo del día siguiente. Cazar con Cho conejos de campo, sugerir pagar para agradecer la buena voluntad de la familia, pagar al menos por la tan rica comida. Procurar saber cómo se hace esto y cómo lo otro y procurar también pagar por aquella información tan importante, que la cosecha se levanta por la mañana cuando aún el sol no molesta, y las horas del mediodía se destinan a las tareas de la casa. Y cada tanto, con la esperanza que solo renace en algunos días, la esperanza de conseguir cambio para pagar su pasaje, sentarse en el banco de la estación y contemplar un nuevo tren que, ante las inevitables señas de Pe, pasa sin detenerse.

Después, poco a poco, considerar la alegría oficinista como una falsa alegría. Sospechar de todo aquello, del ingenuo agradecimiento de Cho, de la animosa hospitalidad de Gong y de la constante actitud servicial de Gill, intuir en todos las acciones de un plan secreto contrario al amor que Pe y Fi les profesan. Y entonces algo sucede. Es algo que ya no esperaba y lo toma por sorpresa. Comienza por una invitación: Cho, Gong y Gil armarán la cama de Papá y Mamá. Gruner está invitado. Entran a la habitación matrimonial, extienden en equipo las sábanas y controlan los pliegues que, mal doblados, podrían dibujar diagonales. Es así que ocurre, que algo se revela: Gong sonríe y mira a Gill, y juntos, enfrentados a los lados de la cama, levantan cada uno una almohada y, ante la mirada sorprendida de Gruner y de Cho, escupen las sábanas antes de volver a apoyarlas. Es el momento en que están rebelándose y Gruner lo sabe, tanto amor no podía ser real. Así que se anima. Gruner pregunta:

–¿Tienen cambio?

Los tres parecen sorprendidos. Quizá la pregunta aún es precipitada, pero también lo es la respuesta:

–¿Y usted?

Gruner dice:

–¿Creen que estaría acá?

Y ellos:

–¿Y nosotros?

En un largo silencio las conclusiones de todos parecen encontrarse y formular un plan que, aún no definido, los une ahora en un reciente pero sincero sentimiento de hermandad. Como si esa acción pudiese ocultar las palabras pronunciadas, Gill acomoda con timidez las sábanas de una cama que aún no se ha desarreglado. Es así que en la noche, cuando renace el eufórico amor familiar, Gruner comprende que todo es y ha sido siempre parte de una farsa que ha comenzado muchos años antes de su llegada. Así que nada le impide ahora disfrutar de los consejos instructivos de Pe ni de los besos tiernos que Fi reparte en la frente de sus hombres cuando estos se despiden para ir a dormir. Por la mañana se somete con gusto a las actividades cotidianas, y en la noche, cuando la duda lo invade y reconsidera el plan como una táctica audaz de su autoengaño, descubre que los ruidos que ahora lo molestan en su cuarto son en realidad pequeños golpecitos de alguien que llama a su puerta. Golpecitos que, como claves a descifrar, lo invitan a incorporarse, abrir, y descubrir a un Cho ansioso que bajo el mando organizativo de Gong ha ido a buscarlo para participar de su primera reunión.

El encuentro es en los baños públicos, junto a la boletería. Gill, eficiente, ha tapado con cartón las ventanas rotas para que no pase el frío y ha conseguido velas y comida. Todo se dispone sobre un mantel prolijamente extendido sobre el piso, en el centro del baño. Sentados como indios y atentos como verdaderos oficinistas, los cuatro se ubican alrededor del mantel y reúnen su dinero en la mano de Gong. Cuatro billetes grandes y nuevos. Es raro para Gruner descubrir en las caras infantiles de sus compañeros una expresión para él desconocida hasta entonces, mezcla de angustia y recelo. Quizá hace meses, hace años que están aquí, quizá sospechan que en la Capital ya han perdido todo. Mujeres, hijos, trabajo, un hogar. Los ojos de Gill se humedecen y pronto, sobre el mantel, cae una lágrima. Cho le da a Gill unas palmadas en la espalda y le hace apoyar la cabeza en su hombro. Entonces Gong mira a Gruner, saben que Gill y Cho son débiles, que están agotados y que ya no creen en la posibilidad de un escape sino solo en el penoso consuelo de más días de campo. Gong y Gruner, que son fuertes, deberán luchar por los cuatro. Un plan implacable, piensa Gruner, y en la mirada de Gong descubre a un compañero que sigue con atención sus pensamientos. Gill continúa llorando, y se lamenta:

–Con todo este dinero podemos comprarles parte de la huerta, y al menos vivir de forma independiente...

–Hay que detener el tren –propone Gong, con seriedad desconocida.

–¿Qué pretende? –dice Gruner–. ¿Cómo se detiene un tren? Acá hay que ser realista, la objetividad es la base de un buen plan.

–Díganos, Gruner, ¿por qué cree usted que el tren no para? –dice Gong.

Y la respuesta ansiosa de Cho es:

–Por las señales de Pe, que avisa que no hay pasajeros.

–Sabemos la señal de «No detenerse», lo que no sabemos es la señal de «Sí detenerse» –dice Gong.

–Ya veo –dice Gruner. Y después, luminoso–: ¿Y probaron ya la negativa?

–¿La negativa? –pregunta Gong.

–Sí «la señal» indica «No detenerse»... –dice Gruner–, «la negativa» indica...

–¡La «no señal»! –grita Cho.

–Habrá que rezar –dice Gruner.

–Habrá que rezar –repite Gill, limpiándose los ojos con una servilleta de papel.

Todo sucede como debe suceder, como el plan lo indica. Antes que nada, amanece. Fi se asoma por la puerta de la cocina e invita a la familia a desayunar. Los oficinistas, cada uno en su cuarto, colocan calcetines en sus pies, sacos sobre los piyamas, alpargatas en los pies con calcetines. Pe es el primero en utilizar el baño y el resto sigue por orden de llegada: Gong, Gill, Cho, y al fin Gruner, que como se sabe último aprovecha el tiempo para alimentar al perro, que a esa hora aguarda en la puerta. Fi saluda a todos y los apura para que el desayuno no se enfríe. Entonces Cho distrae a Fi llevándola hasta la ventana y señalándole algo en el campo, quizá un posible animal para almorzar o cenar ese día. Mientras tanto, Gong vigila el baño para que Pe no salga, después de todo el turno siguiente es el suyo y no es raro que aguarde junto a la puerta. Y es ahí que Gruner y Gill diluyen en la gran taza de café de Pe las pastillas sedantes que han robado de la mesita de luz de Fi. Cuando todos están sentados y la ceremonia del desayuno puede comenzar, los oficinistas no hacen otra cosa que mirar la taza de Pe. Pero en la concentración que implica esa primera comida, ni Pe ni Fi perciben las miradas y con las delicias que se sirven a la mesa los mismos oficinistas parecen olvidar el tema. Al concluir, Gill levanta la mesa y Cho lava la vajilla. Gong y Gruner declaran que irán a ordenar los cuartos y a tender las camas y, ante la permisiva sonrisa de Fi, se retiran.

En el cuarto de Gruner, lugar acordado para el encuentro posterior al triunfo de la primera parte del plan, los oficinistas, o mejor dicho, Gill y Cho, y no Gong y Gruner, encuentran la nostalgia. Porque Gill cree que después de todo Fi ha sido como su madre y Cho acepta que ha aprendido mucho sobre el campo de la mano de un hombre como Pe. Las horas de trabajo conjunto y los desayunos en familia no podrán ser olvidados con facilidad. Gong y Gruner realizan actividades paralelas a estas conclusiones: empacar en bolsitas unos pocos recuerdos, como piedritas y otras cosas que han recolectado Gill y Cho, y algunas manzanas para el viaje de regreso.

Entonces suena la alarma del reloj de Gong, y suena porque es la hora. Pronto pasará el tren, porque es en este preciso momento en el que todos los días Pe se incorpora del matinal sillón de lectura y camina hacia el campo para colocarse junto a las vías y efectuar la señal. Gruner se incorpora, se incorpora también Gong, y ahora todo está en manos de ellos. Gill y Cho aguardarán sentados en el banco de la estación. En el living encuentran a Pe dormido en su sofá. Prueban con palabras fuertes y ruidosas: roer, estrepitar y escudriñar, pero Pe, sumido en el profundo sueño que provocan los sedantes, no despierta. Gill lo besa en la frente y Cho lo imita, en sus ojos hay lágrimas de despedida. Gong se asegura de que Fi se encuentre en el jardín trasero, regando sus plantas como cada mañana, y allí está. Perfecto, se dicen entre sí, y al fin salen de la casa. Gill y Cho hacia la estación, Gong y Gruner hacia el campo, bordeando las vías en dirección al tren. En el horizonte, el humo de un tren que aún no se ve pero ya se oye.

Después de dar varios pasos, Gong se detiene. Gruner deberá seguir, se necesita solo un hombre para hacer la no señal. Tras aceptar las palmadas de Gong, Gruner continúa andando. Va a ser difícil, ver el tren acercarse y desear que se detenga, y sin embargo solo contar con la no señal. Permanecer junto a las vías sin hacer nada, solo rezar, como dijo Gill, porque quizá esa sea la señal de Dios para que el tren se detenga.

El tren se acerca, avanza sobre las dos líneas que cruzan el campo de horizonte a horizonte. Y pronto está sobre la estación. Gruner se concentra. Permanece tan quieto como le es posible, y cuando el tren pasa junto a él le es difícil deducir si ese es el ruido de un tren que acelera o de uno que va a detenerse. Entonces mueve sus ojos hacia abajo, hacia las ruedas que siguen los rieles y nota que los brazos de hierro que lo empujan comienzan a disminuir el énfasis de su marcha. No ve a Gong, no sabe dónde está, pero escucha sus gritos de alegría. El tren se aleja y, al fin, se detiene del todo en la estación. Gruner contempla victorioso cómo la dársena se llena de pasajeros y descubre que, detrás del clamor general, los gritos de Gong van dirigidos a él: está muy lejos de la estación, es una gran distancia, y el silbato del tren ya empieza a anunciar la partida. Gruner empieza a correr.

En la estación, para subir al tren, Gill y Cho empujan pasajeros que aún descienden. Todo está repleto de gente y de valijas. Los mismos comentarios se repiten como un eco a lo largo de todo el andén:

–Pensé que nunca bajaríamos.

–Años viajando en este tren, pero hoy al fin...

–Ya no recuerdo el pueblo, y en cambio ahora, de pronto, llegar...

La gente festeja y grita, ya casi no hay sitio en la estación. Entonces un nuevo silbato y el ruido del tren que comienza a arrancar. Gruner ya casi está llegando. Ve a Gong, que lo espera al final de la dársena, y lo ayuda a subir salteándose las escaleras. Un grupo de hombres que han desempacado sus instrumentos tocan una melodía alegre para celebrar la ocasión. Gong y Gruner avanzan entre niños, hombres y mujeres, y antes de que puedan llegar a la primera puerta el tren ya avanza junto a ellos. Es entonces cuando Gruner ve, entre los pasajeros jubilosos que lograron descender, la figura delgada y gris del perro.

–¡Gruner! –grita Gong, que ya ha alcanzado la primera puerta.

–Sin el perro no me voy –declara Gruner, y como si esas palabras le diesen la fuerza que necesitaba para hacerlo, retrocede hasta el animal y lo alza en brazos. El perro se deja llevar, su cara de espanto avanza esquivando cuerpos eufóricos al ritmo de Gruner. Alcanzan la cola del tren y se emparejan con ella. Gruner intuye que desde alguna ventana Gill y Cho lo observan con angustia y sabe que no puede fallarles. Se aferra a la escalera trasera del tren y el mismo impulso de la velocidad de la máquina los desprende de la estación como de un recuerdo que se ha pisado hasta hace poco pero que ahora se aleja y se pierde en el campo. La puerta trasera del vagón se abre y Gong ayuda a Gruner a subir. Dentro Gill y Cho toman al perro y felicitan a Gruner. Están los cuatro, los cinco, y están a salvo. Pero, y siempre hay un pero, en la puerta trasera hay una ventana, y desde esa ventana aún pueden adivinarse los vestigios de su estación. Una estación llena de gente alegre, repleta de artículos de oficina y probablemente repleta de cambio. Una mancha que ha sido para ellos un sitio de amargura y miedo y que sin embargo ahora, imaginan, se asemeja a la civilización alegre de la Capital. Una última sensación, común a todos, es de espanto: intuir que, al llegar a destino, ya no habrá nada.

ÚLTIMA VUELTA

Julia me sonríe desde el otro caballo. Cuando el animal sube, las luces le iluminan el pelo; cuando baja, ella se toma del mástil y se arquea hacia atrás, sin dejar de mirarme. Somos indias hermosas. En la calesita, montamos nuestros caballos hasta el infinito, huimos de terribles amenazas y rescatamos de la muerte a animales en peligro. Si algo sale mal, si necesitamos duplicar nuestras fuerzas, chocamos los rubíes de nuestros anillos y una energía cósmica nos da superpoderes. Julia estira hacia mí su mano y yo la tomo de los dedos, apenas alcanzamos a mantenernos agarradas. Pregunta si la quiero. Digo que sí. Pregunta si vamos a vivir juntas para siempre. Le digo que sí. Pregunta si algún día tendremos un castillo, si va a ser inmenso y si las indias viven en castillos así, inmensos. Le digo que sí, que por supuesto, que eso es lo que hacen las indias hermosas. Mamá está entre la gente que espera en el banco. La busco pero no la veo. Me abrazo a la crin dorada de mi caballo. Julia me imita y esperamos a mamá para saludarla. La calesita gira y mamá sigue sin aparecer. Dos hermanos nos miran desde uno de los bancos. Hay más gente también, otros chicos con sus padres esperando el turno en la boletería. Cuando completamos otra vuelta el menor de los hermanos nos señala. Están sentados junto a una mujer muy vieja, que también nos mira. Tiene un chal plateado, el pelo blanco y la piel oscura; parece cansada. Dónde está mamá, dice Julia. Busco a mamá. El boletero que sacude la llave no es el hombre de siempre. El carrusel se detiene, tenemos que bajar. Los hermanos dejan su banco y vienen hacia nuestros caballos. De todos los que hay, ellos quieren estos, y vamos a tener que dárselos. Julia se aferra a su caballo, mira a los chicos que ya suben. Hay que bajar, digo. Me mira asustada, quieren nuestros caballos, dice, los rubíes, choquemos los rubíes, dice estirando su mano hacia mí. Pienso en darle el gusto pero los hermanos se trepan y me preocupa no ver a mamá. El mayor se acerca y le da dos palmadas al morro de mi caballo. El otro le hace un gesto a Julia para que se baje. Ella tiene los cachetes inflados y colorados, parece que está por llorar. Acaricio la piel cálida, fuerte, de mi caballo. Apenas alcanzo a bajar y siento al chico tomar con fuerza la montura y subirse. Taconea y grita, trata al caballo como a un animal de guerra. La calesita empieza a moverse y descubro que Julia ya no está en su caballo, ni cerca de mí. Tengo que bajar pero no la encuentro. Tampoco a mamá. La abuela de los hermanos camina hacia mí y me hace un gesto para ayudarme a saltar. Sus manos me dan miedo. Me toma de los dedos. Está helada y es tan flaca que es como si le tocara los huesos. La calesita sigue girando. Me tiro y tropezamos. Caigo al piso de tierra y creo que ella cae conmigo. Trato de levantarme pero no puedo. Algo pasa. Siento un dolor profundo, en todo el cuerpo, algo que se comprime, o se aplasta, algo muy delicado. Los brazos y las piernas tardan en responderme, se mueven lento, ya no soportan su propio peso. Siento frío y, con esfuerzo, apenas logro girar para volverme hacia la calesita. Entonces los hermanos aparecen por la derecha, dos soldados erguidos sobre los corceles. Cuando el mayor me ve me señala asustado y enseguida empiezan a bajar. Algunos padres se acercan y me ayudan a incorporarme. Les cuesta levantarme, me mueven con cuidado. Entre varios me acompañan hasta un banco. El mayor de los hermanos me acaricia el pelo y acomoda sobre mis hombros un chal, el menor se sienta a mi lado y me mira asustado. Descubro el anillo, el rubí brillante en mi piel vieja y oscura, y me quedo así, inmóvil, los dedos sobre los huesos de las rodillas, atenta al movimiento de los caballos vacíos. Que suben y bajan. Suben y bajan. Y detrás, infinitas, las praderas verdes que me separan del castillo.

AGUJEROS NEGROS

El doctor Ottone se detiene en el pasillo y, muy despacio al principio, con la mirada fija en alguno de los azulejos blancos y negros que cubren los pasillos del hospital, comienza a balancearse sobre las plantas de sus pies, así que el doctor Ottone está pensando. Después toma una decisión, vuelve a entrar al consultorio, prende las luces, deja sobre el sillón sus cosas y busca, entre todo lo que hay en su escritorio, la carpeta de la señora Fritchs, así que Ottone está ocupado con algún tema y se propone encontrar una solución, una respuesta al menos, o derivar ese tema a otro doctor, por ejemplo al doctor Messina. Abre la carpeta, busca una página determinada que encuentra y lee: «...Agujeros negros ¿Me entiende? Usted está acá, por ejemplo, y de pronto está en su casa, en su cama, con el pijama ya puesto, y sabe perfectamente que no ha cerrado el consultorio, ni apagado las luces, ni recorrido lo que tenga que recorrer para llegar a su casa, es más, ni siquiera se ha despedido de mí. ¿Entonces? ¿Cómo puede ser que usted esté en su cama con el pijama puesto? Bueno, eso es un espacio vacío, un agujero negro como le digo, un tiempo cero, como lo quiera llamar, ¿qué más si no?...».

El doctor Ottone guarda la carpeta, recoge sus cosas, apaga las luces, cierra con llave y se dirige hacia el consultorio del doctor Messina, a quien está seguro de encontrar a esa hora. Ottone efectivamente encuentra a Messina pero dormido sobre el escritorio y con una estatuilla en la mano. Lo despierta y le entrega la carpeta de la señora Fritchs. Messina, un poco dormido aún, se pregunta, o le pregunta a Ottone, por qué se ha despertado con una estatuilla en la mano. Con un gesto, Ottone responde que no sabe. Messina abre el cajón de su escritorio y le ofrece una galleta a Ottone, galleta que Ottone acepta. Messina abre la carpeta.

–Lea la página quince –dice Ottone.

Messina busca, encuentra y lee, todo cuidadosamente, la página quince. Ottone espera atento. Cuando termina su lectura, Ottone le pide una opinión.

–¿Y usted cree en esto, Ottone?

–¿En agujeros negros?

–¿De qué estamos hablando?

Así que Ottone recuerda el vicio de Messina de responder solo con preguntas y eso lo pone nervioso.

–Hablamos de agujeros negros, Messina…

–¿Y usted cree en eso, Ottone?

–No. ¿Y usted?

Messina abre otra vez su cajón.

–¿Quiere otra galleta, Ottone?

Ottone agarra la galleta que Messina le ofrece.

–¿Cree o no cree? –insiste Ottone.

–¿Yo conozco a esta señora…?

–…Fritchs, la señora Fritchs. No, no creo que la conozca, solo vino a verme dos veces y es su primer tratamiento.

Alguien toca la puerta del consultorio y se asoma. Ottone reconoce al portero y pregunta:

–¿Qué necesita, Sánchez?

El portero dice que la señora Fritchs espera al doctor Ottone en la sala de ese piso. Messina recuerda al portero que son las diez de la noche y el portero explica que la señora Fritchs se niega a irse.

–Está en pijama, sentada en la sala, y dice que no se va si no habla con el doctor Ottone. Qué quiere que le haga yo…

–¿Por qué no la trajo, entonces? –pregunta Messina mientras mira la estatuilla.

–¿La traigo acá? ¿O al consultorio del doctor Ottone?

–¿Que le pregunté yo a usted?

–Que por qué no la traje.

–¿No la trajo adónde, Sánchez?

–Acá.

–¿Dónde es acá?

–A su consultorio, doctor.

–¿Adónde tiene que traerla entonces, Sánchez?

–A su consultorio, doctor.

Sánchez saluda y se retira. Ottone mira a Messina, la mandíbula de Messina, así que Ottone está nervioso y aún espera una respuesta de Messina, doctor que comienza a guardar sus cosas y a acomodar papeles del escritorio. Ottone pregunta:

–¿Se va?

–¿Me necesita para algo?

–Dígame al menos qué opina, qué cree que conviene hacer. ¿Por qué no la ve usted?

Messina, ya desde la puerta del consultorio, se detiene y mira a Ottone con una leve, apenas marcada, sonrisa.

–¿Qué diferencia hay entre la señora Fritchs y el resto de sus pacientes?

Ottone piensa en contestar, así que su dedo índice atina a subir desde donde reposa hacia la altura de su cabeza, pero se arrepiente y no lo hace. Queda entonces el dedo índice de Ottone suspendido a la altura de su cintura, sin señalar ni indicar nada preciso.

–¿A qué le tiene miedo, Ottone? –pregunta Messina, y se retira cerrando la puerta, dejando a Ottone solo y con su dedo índice que baja lentamente hasta quedar colgado del brazo. En ese momento entra la señora Fritchs. La señora Fritchs lleva un pijama celeste, con detalles y puntillas blancas en cuello, mangas, cinto y otros extremos. Ottone deduce que esta señora está en un estado nervioso considerable, y deduce esto por las manos, que ella no deja de mover, por su mirada y por otras cosas que, aunque comprueban esos estados, Ottone considera que no necesitan ser enumeradas.

–Señora Fritchs, usted está muy nerviosa, va a ser mejor si se calma.

–Si usted no me soluciona este problema, yo lo denuncio, doctor, esto ya es un abuso.

–Señora Fritchs, tiene que entender que usted está haciendo un tratamiento, los problemas que tenga no se van a solucionar de un día para el otro.

La señora Fritchs mira indignada a Ottone, rasca el brazo derecho con la mano izquierda y habla:

–¿Me toma por estúpida? Me está diciendo que tengo que seguir dando vueltas por la ciudad en pijama, pijama en el mejor de los casos, hasta que usted decida que el tratamiento está terminado. ¿Para qué pago yo ese seguro médico, a ver?

Ottone piensa en el doctor Messina bajando las escaleras principales del hospital y esto le provoca diversas sensaciones, sensaciones en las que no va a profundizar ahora.

–Mire –dice Ottone con paciencia, empezando a balancearse, lentamente al principio, sobre las plantas de sus pies–, cálmese, entienda que usted está con problemas psicológicos, usted inventa cosas para ocultar otras cosas más importantes. Todos sabemos que usted no pasea en pijama por el hospital.

La señora Fritchs desenrosca pliegues de las puntillas de su camisón, así que Ottone entiende que la charla será larga.

–Siéntese, por favor, relájese, vamos a hablar un rato –dice Ottone.

–No, no puedo. Va a llegar mi marido a casa y yo no voy a estar, tengo que volver, doctor, ayúdeme.

Ottone desarrolla rápidamente la primera de las sensaciones postergadas de Messina bajando las escaleras. Aire entrando por las costuras del abrigo, entonces frío, un poco de frío.

–¿Tiene dinero para regresar?

–No, no llevo plata cuando ando en camisón por casa…

–Bueno, yo le presto para que vuelva a su casa y pasado mañana, en el horario que a usted le corresponde, hablamos de estos problemas que tanto le preocupan…

–Doctor, yo le acepto el dinero si quiere, y vuelvo a casa, perfecto. Pero ya le expliqué, sabe, dentro de un rato estoy acá de nuevo, y cada vez es peor. Antes pasaba cada tanto, pero ahora, cada dos o tres horas, zas, agujero negro.

–Señora…

–No, escuche, escúcheme. Me recupero, o sea, vuelvo a donde estaba. ¿Cómo le explico? A ver, desaparezco de casa y aparezco en casa de mi hermano, entonces me desespero, imagínese, tres de la mañana y aparezco en pijama, pijama en el mejor de los casos, en el cuarto matrimonial de mi hermano. Entonces trato de volver. ¿Sabe, doctor, qué sufrimiento? Hay que salir del cuarto, de la casa, todo sin que nadie se dé cuenta, tomar un taxi, todo en pijama, doctor, y sin plata, imagínese, convencer al taxista de que le pago al llegar. Y cuando estoy por llegar, zas, fin del agujero y aparezco en casa otra vez.

Ottone aprovecha este tiempo para analizar la segunda sensación de Messina escaleras abajo. Entrada a un auto, ambiente más agradable, alivio al dejar el peso del portafolio en el asiento del acompañante.

–Aparte imagínese, andaba por casa siempre con dinero y un abrigo atado a la cintura del camisón, no sea cosa. Pero ahora no, basta, cuando caigo en agujeros ya no vuelvo. Si igual nunca llego, tomo taxis que casi nunca alcanzan a dejarme donde les pido. No, basta, ahora me quedo donde esté hasta que pase el agujero y listo.

–¿Y cuánto tiempo tardan en pasar estos agujeros negros?

–Y, vea, yo no puedo decirle con exactitud, una vez fui y volví en el momento, sin problema. Y otra estuve en casa de mi madre unas cuantas horas, diga que ahí sé dónde están las cosas, preparé unos mates y paciencia, tardó tres horas, doctor, una vergüenza.

Ottone piensa en cuántos minutos ya ha estado la señora Fritchs en el hospital y no obtiene un número definido, quizá cinco, quizá diez, no sabe.

Sánchez toca la puerta del consultorio y se asoma. Ottone pregunta:

–¿Qué pasa, Sánchez?

–Lo busca el doctor Messina.

–¿Cómo? ¿No se fue?

–Sí, se fue, pero al rato estaba acá de vuelta, me parece que el doctor está un poco angustiado, anda a medio desvestir, o vestir, no sé decirle, doctor, y pregunta por usted.

–¿Qué pregunta, Sánchez?

–Si usted está, si puede usted hacerle el favor de ir a verlo. Parece enojado…

El doctor Ottone mira a la señora Fritchs, señora que rasca con la mano derecha su brazo izquierdo y contesta la mirada de Ottone con un gesto recriminatorio.

–Va a tener que disculparme.

–No, lo acompaño.

–No, hágame el favor, señora, quédese acá. El doctor Messina enojado es ya de por sí todo un problema.

Sánchez acompaña la opinión de Ottone con un movimiento de cabeza y se retira caminando por el pasillo, pasillo que Ottone recorre ahora unos metros detrás.

Se asoma Messina, minutos después, no sabe bien Messina después de qué, tras el biombo de su consultorio, para descubrir a la señora Fritchs sentada en un sillón. Messina mira su propia mano y se pregunta por qué tiene, otra vez, esa estatuilla. Mira desconcertado el escritorio, el lugar vacío donde la había dejado un rato atrás. Luego mira a la señora Fritchs y la señora Fritchs, con las manos aferradas a los brazos del sillón, como si fuese a caer hacia o desde algún lado, mira al doctor Messina.

–¿Y usted quién es? ¿Qué hace en mi consultorio?

–El doctor Ottone dijo…

–¿Por qué está en pijama?

–El portero y el doctor Ottone fueron a buscarlo al…

–¿Usted es la señora Fritchs?

–Usted también está en pijama –dice la señora Fritchs mientras observa asustada la estatuilla en la mano del doctor.

Messina verifica su apariencia, plantea mentalmente distintas hipótesis sobre las razones de su propio paradero actual, deja la estatuilla en su lugar y acomoda el cuello de su camiseta hasta que este queda centrado con respecto al eje del cuello, posición de camiseta que hace de Messina un hombre más seguro.

–¿Usted es la señora Fritchs?

–El doctor Ottone dijo que lo esperara acá.

–¿Yo le pregunté algo sobre Ottone, señora?

–Sí, soy la señora Fritchs, espero al doctor Ottone.

–¿Le parece que este puede ser el consultorio de un doctor como el doctor Ottone?

–No sé, puede que no, yo solamente lo espero.

Compara Messina mentalmente la figura de esa señora con la de su mujer y no obtiene ningún beneficio.

–¿Usted es la señora que tiene problemas con los agujeros negros?

–¿Usted no los tiene?

En ese momento Messina comprende algunas cosas, cosas de las que solo rescata dos planteos pertinentes. Primero, lo que puede estar pasándole; segundo, que tras la señora Fritchs se esconde una persona de suma inteligencia. Piensa una pregunta para comprobar el segundo planteo:

–¿Por qué espera al doctor Ottone?

–Ottone y el portero fueron a buscarlo a usted al hall. ¿Usted es el doctor…?

–¿Messina?

–Eso, Messina, necesito que alguien me ayude.

Messina busca y encuentra sobre su escritorio la carpeta de la señora Fritchs y, de espaldas a esta señora, revisa el contenido, a la vez que relaciona ideas de agujeros negros, gente en pijama y estatuillas. Pregunta:

–¿Qué cree usted que nos está pasando?

–A usted no sé, doctor, pero a mí nada –responde Sánchez, que entra por la puerta y le alcanza un juego de llaves. Messina mira rápidamente el sillón vacío donde un segundo antes estaba la señora Fritchs.

–¿Qué hace acá, Sánchez? ¿No tiene nada mejor que hacer?

Sánchez, brazo extendido hacia Messina con llaves enganchadas al extremo del dedo índice, habla:

–Acá tiene las llaves, doctor. Yo me voy.

–¿Adónde se va usted? ¿Dónde está la señora Fritchs?

–Mi horario termina a las diez, ya son diez y media, yo me voy.

–¿Dónde está la señora Fritchs?

–No sé, doctor, por favor tome las llaves.

–¿Y Ottone? ¿Donde está Ottone?

–Lo está buscando a usted, doctor, yo me voy.

Messina sale de su consultorio sin tomar las llaves y recorre el pasillo de azulejos blancos y negros hasta el hall, donde encuentra a Ottone.

Pliega Ottone los dedos de su mano derecha hasta obtener un puño cerrado, sin aire en el interior, para luego forzar estos dedos con la mano izquierda, lo que produce una serie de crujidos en los nudillos, así que Ottone ha visto a Messina, está sumamente angustiado, y le desagrada ver a este doctor, el doctor Messina, a medio vestir, o desvestir, Sánchez no ha sabido decirle y él no alcanza ahora a elaborar una definición correcta.

Messina va a preguntarle algo pero descubre en su propia mano la estatuilla, así que se pregunta, o le pregunta a Ottone, por qué tiene esa estatuilla en la mano. Ottone, con un gesto, responde que no sabe. Messina abre el cajón de su escritorio y le ofrece una galleta a Ottone. Galleta que Ottone acepta sin preguntarse por qué ambos, Ottone y Messina, ya no se encuentran en el hall, sino en el consultorio del segundo de los doctores mencionados.

Y aunque Messina piensa en decirle algo a Ottone, decide que será mejor no hacerlo y simplemente deja la estatuilla sobre una mesada del hall, porque, en efecto, ya están otra vez en el hall y no en el consultorio del doctor Messina.

–¿Está usted bien? –pregunta Ottone.

–¿Usted cree que yo puedo estar bien en el estado en que me encuentro?

Observa Ottone la camiseta desarreglada de Messina.

–¿Que opina ahora de esto, Messina?

–¿De qué?

–De los agujeros negros.

–¿Dónde está la señora Fritchs?

–Está en su consultorio.

–¿Me está cargando, Ottone? ¿No se da cuenta de que yo vengo de ahí?

Piensa Ottone en algo que no explica, y cuando ve a la señora Fritchs, corriendo, lejos, de un pasillo a otro, propone a Messina ir a buscar a esta señora. Abre grandes los ojos Messina y se acerca a Ottone como quien va a contar un secreto. Ottone escucha:

–¿No se da cuenta de que ella sabe?

–¿Que sabe qué cosa?

–¿Por qué cree usted que corre así la señora?

Amaga Ottone un nuevo crujimiento de sus dedos, pero Messina reacciona rápido, toma fuerte su muñeca, y dice:

–¿No se dio cuenta?

–¿De qué?

–¿No se dio cuenta de lo que pasó la última vez que usted crujió sus dedos?

–¿Estuvimos ahí?

–¿En un agujero negro?

–¿Sí?

–¿Hace falta que le responda?

Interrumpe la conversación el sonido de las llaves de la puerta, colgadas del dedo de Sánchez a la altura de la frente de ambos médicos. Sánchez:

–Las llaves, yo me voy.

Propone Messina a Sánchez:

–¿Por qué antes de irse no nos va a buscar a la señora?

A lo que asiente Ottone, contento, y agrega:

–Sí, traiga a la señora y le aceptamos las llaves.

Messina le señala a Sánchez los pasillos por donde, salteadamente, cruza la señora Fritchs, a veces caminando preocupada, a veces con paso presuroso. Da Messina unas palmaditas en la espalda de este Sánchez a quien Ottone sonríe y dice alegre:

–Vaya, Sánchez, vaya y traiga a la señora.

Mira Sánchez hacia los pasillos y luego a los doctores. Deja las llaves sobre la mesada del hall y dice:

–Veo que tienen algunos problemas. Pero yo soy el portero, y mi turno terminó a las diez. –Y se retira.

Messina mira las llaves que han quedado al lado de la estatuilla y luego, desesperanzado, mira a Ottone, doctor que a la vez mira a Messina, aunque sus percepciones tienen que ver ahora con otras cosas, cosas como Sánchez bajando las escaleras, Sánchez sintiendo el aire frío de la calle en la cara, Sánchez pensando en que siempre está más desabrigado de lo que debería, y que todo es culpa de su madre que, a diferencia de otras madres, nunca le recuerda las cosas. Piensa entonces Messina en Sánchez subiendo al colectivo ciento treinta y cuatro, ramal dos, o tres, los dos van, y cuando está a punto de pensar en Sánchez abriendo la puerta de su casa, casa lógicamente de este mismo Sánchez, lo que ve es a la señora Fritchs, o mejor dicho, no la ve, o más bien la ve desaparecer ante sus ojos. Entonces dice Messina al doctor Ottone:

–¿Vio eso, Ottone?

–¿Ver qué?

–¿No vio eso?

Ottone está a punto de responder, y este inminente momento se deduce por su dedo índice que, lentamente, comienza a ascender hacia la altura de su cabeza, pero cuando lo hace, cuando este dedo llega a la altura citada y Ottone enuncia sus primeras palabras, entonces este doctor, el doctor Ottone, se encuentra no con el doctor Messina, sino con Clara, es decir su esposa, en su casa, los dos en pijama.

En un pasillo del hospital, ahora aún más lejos de su consultorio, Messina se pregunta, una vez más, qué hace ahí a esas horas de la noche, a medio vestir, o desvestir, con una estatuilla en la mano y, cuando va a preguntarse eso pero en voz alta, lo que queda ahora es, simplemente, el pasillo del hospital, vacío.

MI HERMANO WALTER

Mi hermano Walter está deprimido. Lo visitamos con mi mujer todas las noches, cuando volvemos del trabajo. Compramos algo de comer –le gustan mucho las papas fritas con pollo– y le tocamos el timbre alrededor de las nueve. Atiende y pregunta «¿Quién es…?» Y mi mujer dice «¡Nosotros!». Y él dice «Ah…», y nos deja entrar.

Una decena de personas lo llaman por día para ver cómo está. Él levanta el tubo con esfuerzo, parece que le pesara una tonelada, y dice:

–¿Sí?

Y la gente habla como si mi hermano se alimentara de estupideces. Si le pregunto quién es, o qué quiere, él es incapaz de responder. No le interesa en lo más mínimo. Está tan deprimido que ni siquiera le molesta que estemos ahí, porque es como si no hubiese nadie.

Algunos sábados mi madre y tía Claris lo llevan a las fiestas de adultos del salón, y Walter se mantiene sentado entre cumpleañeras cuarentonas, despedidas de solteros y recién casados. Tía Claris, que siempre le busca el lado esotérico a las cosas más simples, dice que cuanto más deprimido está Walter más feliz se siente la gente que está alrededor. Esto es una verdadera estupidez. Lo que es verdad es que desde hace unos meses las cosas en la familia están mejorando. Mi hermana finalmente se casó con Galdós, y en la fiesta mi madre conoció, en un grupo de gente que bebía champaña y lloraba de la risa en la mesa de mi hermano, al señor Kito, con el que ahora vive. El señor Kito tiene cáncer, pero es un hombre con mucha energía. Siempre está bien dispuesto y es atento con mi madre. Es el dueño de una cerealera, y amigo de la infancia de tía Claris. Galdós y mi hermana compraron una granja, lejos de la ciudad, y empezamos a tomarnos la costumbre de juntarnos ahí los fines de semana. Mi mujer y yo pasamos a buscar a Walter el sábado a primera hora y para el mediodía ya estamos todos en la granja, esperando el asado con una copa de vino y esa felicidad inmensa que dan los días de sol al aire libre.

Un único fin de semana faltamos hasta ahora, porque Walter estaba engripado y se negaba a subir al coche. Sentí que debía avisar al resto que él no vendría, entonces empezaron a llamarse entre sí, planteando si valdría o no la pena reunirnos sin él, y para la hora en la que Galdós empieza a servir el asado ya todos habíamos renunciado a la salida.

Ahora tía Claris sale con el capataz de la granja y somos pares en la familia, menos Walter, claro. Hay una silla cerca de la parrilla, que él eligió el primer día que lo llevamos a la quinta, y de la que no se levanta. Quizá le gusta porque siempre está a la sombra. Tratamos de mantenernos alrededor, para animarlo o hacerle compañía. Intentamos hablar de temas más o menos superficiales, siempre con optimismo. Mi hermana y mi mujer, que se llevan de maravilla, comentan para todos las novedades de la semana. Y siempre hay ocasión para felicitar a Kito por los alentadores resultados de su tratamiento contra el cáncer, a Galdós por la creciente rentabilidad de la granja, y a mi madre porque, simplemente, la adoramos. Pero el tiempo pasa, y Walter sigue deprimido. Tiene una expresión fatal, cada vez más triste. Galdós trae a la granja a un reconocido médico rural que enseguida se interesa en el caso de Walter. Pide una silla y se sienta frente a él. Quiere intimidad y los dejamos solos un rato. Esperamos bajo la galería de la casa. Conversamos con disimulo, con nuestros aperitivos en la mano, hasta que el médico regresa de la sombra. Se lo ve confiado. Le digo que se ve joven, estupendamente bien, y él dice de mí lo mismo. Dice que Walter necesita tiempo, pero tiene fe. Así que el médico nos cae bien. Nos consultamos por teléfono en la semana y todos acordamos en que parece un gran tipo, y lo invitamos a la granja con más frecuencia, para afianzar el tratamiento de Walter. No nos cobra nada. Su mujer viene también, charla con mi mujer y mi hermana, y acuerdan verse en la semana en el centro, para ir juntas al cine o al teatro. Entonces el médico rural, Kito y Galdós, charlando amenamente alrededor de Walter, fumando y comentando tonterías para animarlo un poco, tienen una gran charla de negocios, y emprenden juntos una nueva línea de cereales, bajo la firma de Kito, pero en la granja de Galdós, y con una receta más saludable que el médico desarrolla con sumo éxito en las siguientes semanas. Yo, sumado al proyecto, tengo que estar en la granja casi todos los días, así que cuando mi mujer queda embarazada nos mudamos también a la granja, y nos traemos a Walter, que prácticamente no opina sobre los cambios. Nos alivia que esté acá con nosotros, verlo sentado en su silla, saber que está cerca.

Los nuevos cereales se venden muy bien y la granja va sumando empleados y compradores mayoristas. La gente es amable. Todos parecen estar muy conformes acerca de cómo hacemos las cosas y el precio que ponemos por ellas. Confían en el proyecto. Nos mueve una energía optimista que sigue teniendo sus momentos de esplendor los fines de semana, cuando el asado cada vez más concurrido de Galdós empieza a dorarse en las parrillas y todos esperamos ansiosos con las copas en la mano. Estamos haciéndolo bien. Y ya somos tantos que casi no hay un segundo en el que Walter se quede solo. Nos alivia saber que siempre hay alguien peleando la silla que el médico dejó junto a él, en la sombra, alguien dispuesto a alegrarlo, ansioso por contarle buenas noticias, por hacerle ver lo feliz que cualquiera de nosotros puede llegar a ser si realmente se esmera en eso.

La empresa crece. El cáncer de Kito al fin queda erradicado y mi hijo cumple dos años. Cuando lo dejo en brazos de

Walter mi hijo sonríe y aplaude, y dice «Soy feliz, soy muy feliz». Tía Claris viaja con el capataz. Un tour por el Mediterráneo europeo los entretiene dos meses. Vuelven y se sienten aún más unidos a mi hermana y a Galdós, que vienen de las costas mexicanas, y los cuatro se pasan las tardes intercambiando fotos. Van al casino algunas noches y, cada vez, ganan mucho dinero. Así hacemos nosotros las cosas. Con el dinero, y asesorados por el intendente, fundan una sociedad y compran cerealeras de la competencia. Para Año Nuevo la empresa invita a casi todo el pueblo que rodea la granja –porque ya prácticamente todos trabajan acá–, y a los mayoristas, y a los amigos y a los vecinos. El asado se hace a la noche. No hay que traer nada, tenemos todo para dar. Una banda toca en vivo ese jazz de los años treinta que te hace bailar hasta sentado. Los chicos juegan con las guirnaldas, enredando las sillas y las mesas, riéndose de todo.

Yo hace tiempo que cada tanto llevo aparte a mi hermano, o busco un momento en el que estemos tranquilos, y le pregunto qué le pasa. Él mantiene su silencio, pero deja automáticamente de mirarme a los ojos. Pienso que es difícil preguntárselo ahora, porque son las doce en punto y con el brindis tiramos fuegos artificiales, de esos que iluminan el cielo entero, y la gente grita y aplaude, y pide más. Veo a Walter sentado en su silla, la espalda de Walter, y a mi hijo pasar corriendo junto a él, arrastrando su guirnalda. Pero la pierde, se le cae. Enseguida se da cuenta, y vuelve para buscarla. Entonces algo nuevo pasa: Walter se inclina hacia el piso y la levanta. Su movimiento me resulta insólito, me impide moverme, o decir nada. Walter mira la guirnalda, parece estudiarla con demasiada atención, y por un momento todo me parece confuso. Gris. Paralizado. Es solo un momento, porque enseguida mi hijo se la quita y regresa corriendo hacia su madre. Aunque reconozco el alivio, las piernas me tiemblan. Casi siento que podríamos morir, todos, por alguna razón, y no puedo dejar de pensar en qué es lo que le pasa a Walter, en qué es lo que podría ser tan terrible.

EL HOMBRE SIRENA

Estoy sentada en el bar del puerto, esperando a Daniel, cuando veo al hombre sirena mirarme desde el muelle. Está sobre la primera columna de hormigón, donde el agua todavía no llega a la playa, a unos cincuenta metros. Tardo en reconocerlo, en entender qué es exactamente, tan hombre de la cintura para arriba, tan sirena de la cintura para abajo. Mira hacia un lado, después tranquilamente hacia el otro, y al fin vuelve a mirar hacia acá. Mi primer impulso es pararme, pero sé que el Tano, el dueño del bar, es amigo de Daniel, y me vigila desde la barra. Disimulo buscando entre las cosas de la mesa la cuenta del café. El Tano se acerca para ver que todo esté bien, insiste en que Daniel ya debe de estar por llegar, que debo esperar. Le digo que se quede tranquilo, que enseguida vuelvo. Dejo cinco pesos sobre la mesa, tomo mi cartera y salgo. No tengo un plan para el hombre sirena, simplemente dejo el bar y camino en su dirección. Contra la idea que se tiene de las sirenas, hermosas y bronceadas, este no solo es del otro sexo sino que es bastante pálido. Pero macizo, musculoso. Cuando me ve se cruza de brazos –las manos bajo las axilas, los pulgares hacia arriba–, y sonríe. Me parece un gesto demasiado canchero para un hombre sirena y me arrepiento de estar caminando hacia él con tanta seguridad, con tantas ganas de hablarle, y me siento estúpida. Él espera a que yo me acerque –ya es tarde para volver– y entonces dice:

–Hola.

Me detengo.

–¿Qué hace una morocha tan sola, en el muelle?

–Pensé que quizá… –no sé qué decir. Dejo caer la cartera, la sostengo con ambas manos, colgando frente a mis rodillas–, pensé que quizá él necesitaba algo, como usted…

–Tuteame, preciosa –dice, y me tiende la mano en un gesto que me invita a subir.

Miro sus piernas o, mejor dicho, su cola brillante que cuelga sobre el hormigón. Le paso la cartera. La toma, la deja junto a él. Trabo un pie contra el muelle y tomo la mano que vuelve a ofrecerme. Tiene la piel helada, como pescado de congelador. Pero el sol está alto y fuerte, y el cielo es de un azul intenso, y el aire huele a limpio, y para cuando me acomodo junto a él siento que la frescura de su cuerpo me llena de una felicidad vital. Me da vergüenza y me suelto. No sé qué hacer con las manos. Sonrío. Él se arregla el pelo –tiene un jopo muy a lo americano– y pregunta si traigo cigarrillos. Digo que no fumo. Tiene la piel lisa, ni un solo pelo en todo el cuerpo, y llena de pequeñas aureolas de polvillo blanco, apenas visibles, quizá formadas por la sal del mar. Ve que lo miro y se las sacude un poco de los brazos. Tiene los abdominales marcados, nunca vi una panza así.

–Podés tocarme –dice, acariciándose los abdominales–; no hay así en el centro, ¿o sí?

Acerco una mano, él se adelanta, la aprisiona entre la suya y sus abdominales también helados. Me tiene así algunos segundos, y después dice:

–Contame de vos. –Y me suelta con suavidad–: ¿Cómo va todo?

–Mamá está enferma, los médicos no creen que aguante mucho más.

Miramos juntos el mar.

–Qué mal… –dice él.

–Pero ese no es el problema –digo–, el que me preocupa es Daniel. Daniel está mal y eso no ayuda.

–¿Le cuesta asumir lo de su madre?

Asiento.

–¿Son dos hermanos?

–Sí.

–Al menos pueden dividirse las cosas. Yo soy hijo único y mi madre es muy absorbente.

–Somos dos pero lo hace todo él. Yo necesito estar descansada, no puedo permitirme emociones fuertes. Tengo un problema, acá, en el corazón; yo creo que es del corazón. Así que mantengo distancia. Por mi salud...

–¿Y dónde está Daniel ahora?

–Es impuntual. Está todo el día corriendo de acá para allá. Tiene un gran problema con la organización de sus tiempos.

–¿De qué signo es? ¿Piscis?

–Tauro.

–¡Uff! Qué signo.

–Tengo pastillas de menta –digo–, ¿querés?

Dice que sí y me pasa la cartera, que quedó de su lado.

–Está todo el día pensando de dónde va a sacar dinero para pagar esto, de dónde para lo otro. Todo el tiempo queriendo saber qué estoy haciendo, dónde voy a estar, con quién...

–¿Vive con tu madre?

–No. Mamá es como yo, somos mujeres independientes y necesitamos nuestro espacio. Él considera que es peligroso que yo viva sola. Así nomás me lo dice: «Yo creo que es peligroso que una chica *como vos* viva sola». Quiere pagarle a una mujer para que esté todo el día detrás de mí. Por supuesto que nunca acepté.

Le paso una pastilla y tomo otra para mí.

–¿Vivís por acá?

–Me alquila una casita a unas cuadras: cree que este barrio es mucho más seguro. Y se hace amigos por acá, habla con los vecinos, con el Tano, quiere saber todo, controlar todo, es realmente insoportable.

–Mi padre era así.

–Sí, pero él no es papá. Papá está muerto, ¿por qué tengo que soportar un papá-hermano si papá está muerto?

–Bueno, quizá solo intenta cuidarte.

Me río sarcásticamente, en realidad, el comentario casi arruina mi humor, y creo que él alcanza a darse cuenta.

–No, no. No se trata de cuidarme, es más complicado de lo que pensás.

Se queda mirándome. Tiene ojos celestes, muy claros.

–Contame.

–Ah, no. Creeme, no vale la pena: es un día hermoso.

–Por favor.

Une las palmas de las manos, y me ruega con una mueca graciosa, como un ángel a punto de llorar. A veces, cuando me habla, la aleta plateada se ondula un poco en las puntas y me roza los tobillos. Aunque son ásperas, las escamas no me lastiman, es una sensación agradable. Yo no digo nada, y las aletas se acercan cada vez más.

–Contame…

–Es que mamá… Ella no solo está enferma: la verdad es que la pobre está totalmente loca…

Suspiro y miro el cielo. El cielo celeste, absoluto. Después nos miramos. Por primera vez reparo en sus labios. ¿Serán también helados? Me toma de las manos, las besa y dice:

–¿Creés que podríamos salir? Vos y yo, un día de estos… Podríamos ir a cenar, o al cine, me encanta el cine.

Le doy un beso y siento el frío de su boca despertar cada célula de mi cuerpo, como una bebida helada en pleno verano. No es solo una sensación, es una experiencia reveladora, porque siento que ya nada puede ser igual. Aunque no puedo decirle que lo amo: no todavía, debe pasar más tiempo, debemos hacer las cosas paso a paso. Primero él al cine, después yo al fondo del mar. Pero la decisión está tomada, es irrevocable. Yo, que toda la vida creí que se vive por un único amor, encontré al mío en el muelle, junto al mar, y me toma ahora francamente de la mano, y me mira con sus ojos transparentes, y me dice:

–No sufras más, morocha, ya nadie va a hacerte daño.

Una bocina suena a lo lejos, desde la calle. La identifico enseguida: es el auto de Daniel. Miro por sobre el hombro de mi hombre sirena. Daniel baja apurado y va directo hacia el bar. No parece haberme visto.

–Ahora vuelvo –digo.

Me abraza, vuelve a besarme; «Te espero», dice, me presta su brazo como soga para que pueda bajar más cómoda y me alcanza la cartera.

Corro hasta el bar. Daniel está hablando con el Tano y me ve.

–¿Dónde estabas? Quedamos en tu casa, no en el bar.

No es cierto, pero no le digo nada, eso no importa ahora.

–Necesito hablarte –digo.

–Vamos al auto, hablamos en el auto.

Me toma del brazo, con delicadeza, pero con esa actitud paternal que tanto me enerva, y salimos. El auto está a unos metros, pero me detengo.

–Soltame.

Me suelta pero sigue hacia el auto y abre la puerta.

–Vamos, es tarde. El médico va a matarnos.

–No voy a ningún lado, Daniel.

Daniel se detiene.

–Voy a quedarme acá –digo–, con el hombre sirena.

Se queda mirándome un momento. Me doy vuelta hacia el mar. Él, hermoso y plateado sobre el muelle, levanta su brazo para saludarnos. Y aun así, Daniel entra al auto y abre la puerta de mi lado. Entonces no sé qué hacer, y cuando no sé qué hacer, el mundo me parece un lugar terrible para alguien como yo, y me siento muy triste. Por eso pienso: es solo un hombre sirena, es solo un hombre sirena, mientras subo al auto y trato de tranquilizarme. Puede estar ahí otra vez mañana, esperándome.

LA FURIA DE LAS PESTES

Gismondi se extrañó de que los chicos y los perros no corrieran hacia él para recibirlo. Intranquilo, miró hacia el llano donde, ya mínimo, se alejaba el coche que regresaría por él al otro día. Llevaba años visitando sitios de frontera, comunidades pobres que sumaba al registro poblacional y a las que retribuía con alimentos. Pero por primera vez, frente a ese pequeño pueblo que se hundía en el valle, Gismondi percibió una quietud absoluta. Vio las casas, pocas. Tres o cuatro figuras inmóviles y algunos perros echados sobre la tierra. Avanzó bajo el sol de mediodía. Cargaba en sus hombros dos grandes bolsos que, al resbalarse, le lastimaban los brazos y lo obligaban a detenerse. Un perro alzó la cabeza para verlo llegar, sin levantarse del piso. Las construcciones, una extraña mezcla de barro, ladrillo y chapa, se sucedían sin orden alguno, dejando hacia el centro una calle vacía. Parecía deshabitada, pero podía adivinar a los pobladores detrás de las ventanas y las puertas. No se movían, no lo espiaban, solo estaban ahí, y Gismondi vio, junto a una puerta, a un hombre sentado; apoyada en una columna, la espalda de un niño; la cola de un perro saliendo del interior de una casa. Mareado por el calor dejó caer los bolsos y se limpió con la mano el sudor de la frente. Contempló las construcciones. No había nadie con quien hablar así que eligió una casa sin puerta y pidió permiso antes de asomarse. Adentro, un hombre viejo miraba el cielo a través de un agujero del techo de chapa.

–Disculpe –dijo Gismondi.

Al otro lado de la habitación, dos mujeres estaban enfrentadas ante una mesa y, más atrás, sobre un catre viejo, dos chicos y un perro dormitaban apoyados unos en otros.

–Disculpe… –repitió.

El hombre no se movió. Cuando Gismondi se acostumbró a la oscuridad, descubrió que una de las mujeres, la más joven, lo miraba.

–Buenos días –dijo, recuperando el ánimo–, trabajo para el gobierno y… ¿con quién puedo hablar? –Gismondi se inclinó levemente hacia delante.

La mujer no contestó, su expresión era indiferente. Gismondi se sujetó a la pared que enmarcaba la puerta, se sentía mareado.

–Debe conocer a alguien… un referente. ¿Sabe con quién tengo que hablar?

–¿Hablar? –dijo la mujer con una voz seca, cansada.

Gismondi no contestó, temía descubrir que ella nunca había pronunciado una palabra y que el calor del mediodía lo afectaba. La mujer pareció perder el interés y dejó de mirarlo. Gismondi pensó que podía estimar la población y completar el registro a su criterio, ningún agente se tomaría la molestia de corroborar los datos de ese sitio; pero, de cualquier manera, el coche que pasaría por él no iba a regresar hasta el día siguiente. Se acercó a los chicos, al menos podría hacerlos hablar a ellos. El perro, que descansaba el morro sobre la pierna de uno de ellos, ni siquiera se movió. Gismondi saludó. Solo uno de los chicos, lento, le hizo un gesto mínimo con los labios, casi una sonrisa. Sus pies colgaban del catre descalzos pero limpios, como si nunca hubiesen tocado el suelo. Gismondi se agachó y rozó con su mano uno de los pies. No supo qué lo llevó a hacer eso, quizá solo necesitaba saber que el chico era capaz de moverse, que estaba vivo. El chico lo miró asustado. Gismondi se incorporó. También él, de pie en medio de la habitación, miró al chico con miedo. No era ese rostro lo que temía, ni el silencio, ni la quietud. Entonces vio el polvo, en las repisas y en las mesadas vacías. Se acercó al único recipiente que había a la vista, lo levantó y vació el contenido sobre la mesa. Permaneció absorto unos segundos. Después, acarició el polvo desparramado sin entender lo que estaba viendo. Revisó los cajones y los estantes. Abrió latas, cajas, botellas. No había nada. Nada para comer ni para beber. Solo algún utensilio inútil. Vestigios de jarros que alguna vez habrían contenido algo. Sin mirar a los chicos, como si hablara solo para él, preguntó si tenían hambre. Nadie contestó.

–¿Sed? –Un escalofrío le hizo temblar la voz.

Lo escuchaban, aunque no parecían entender. Gismondi abandonó la habitación, salió a la calle, corrió hasta los bolsos y cargó con ellos de regreso. Se detuvo frente a los chicos, agitado. Vació la carga sobre la mesa. Tomó una bolsa al azar, la abrió con los dientes y dejó caer un puñado de azúcar sobre su palma. Los chicos miraron cómo se agachaba junto a ellos y les ofrecía algo de su mano. Pero ninguno se movió de su sitio. Fue cuando Gismondi sintió una presencia, percibió, quizá por primera vez en el valle, la brisa de un movimiento. Se incorporó y miró hacia los lados. Algo de azúcar cayó al piso. La mujer estaba de pie y lo observaba desde el umbral de la puerta. No era la mirada que había mantenido hasta entonces, no miraba una escena ni un paisaje, lo miraba a él.

–¿Qué quiere? –dijo.

Era, como todas las otras, una voz somnolienta, pero estaba cargada de una autoridad que lo sorprendió. Uno de los chicos había abandonado la cama y ahora contemplaba la mano repleta de azúcar. La mujer miró los paquetes desparramados y se volvió con furia hacia él. El perro se incorporó y rodeó intranquilo la mesa. Por las puertas y por las ventanas comenzaban a asomarse hombres y mujeres, cabezas que se sumaban tras cabezas, un tumulto que crecía. Otros perros se acercaron. Gismondi miró el azúcar en su mano. Esta vez, al fin, todos concentraban su atención en él. Apenas vio al chico, su mano pequeña, los dedos húmedos acariciar el azúcar, los ojos fascinados, cierto movimiento de los labios que parecían recordar el sabor dulce. Cuando el chico se llevó los dedos a la boca, todos se paralizaron. Gismondi retrajo la mano. Vio en los que lo miraban una expresión que, al principio, no alcanzó a entender. Entonces sintió, profunda en el estómago, la herida tajante. Cayó de rodillas. Había dejado que se desparramara el azúcar, y el recuerdo del hambre crecía sobre el valle con la furia de las pestes.

CABEZAS CONTRA EL ASFALTO

Si golpeás mucho la cabeza de alguien contra el asfalto –aunque sea para hacerlo entrar en razón–, es probable que termines lastimándolo. Esto es algo que mi madre me explicó desde el principio, el día que golpeé la cabeza de Fredo contra el piso en el patio del colegio. Yo no era violento, quiero aclarar esto. Hablaba apenas lo necesario, y no tenía amigos ni enemigos con los que pelearme. Lo único que hacía en los recreos era esperar en el aula, solo y lejos del ruido del patio, hasta que la clase volviera a empezar. Esperaba dibujando. Eso apuraba el tiempo y me apartaba del mundo. Dibujaba cajas cerradas y peces con forma de rompecabezas que encastraban entre sí. Fredo era el capitán del equipo de fútbol y en nuestro grado las cosas se hacían y ocurrían como él quería. Como esa vez que a Cecilia se le había muerto el tío y le hizo creer que había sido él.

Un día, durante un recreo, Fredo entró en el aula, me sacó de un tirón el dibujo en el que estaba trabajando y se fue con él corriendo. El dibujo eran dos peces rompecabezas, cada uno en una caja, y ambas cajas dentro de otra caja. Saqué eso de cajas dentro de cajas de un pintor que le gustaba a mamá, y todas las maestras estaban encantadas y decían que era «un recurso muy poético». En el patio Fredo cortaba el dibujo por la mitad, y las mitades en mitades, y así, mientras su grupo lo rodeaba y festejaba su hazaña. Cuando ya no pudo cortar pedazos más chicos tiró todo por el aire. Lo primero que sentí fue tristeza. No es un decir, siempre pienso en cómo siento las cosas en el momento en que me pasan, y quizá sea eso lo que me haga más lento, o más distraído que el resto. Me tiré sobre Fredo, lo tiré al piso conmigo y lo agarré de los pelos. Ahí fue que empecé a darle la cabeza contra el suelo. La maestra gritó y un profesor de otra clase vino a separarnos, y no pasó nada más en esta historia con Fredo. La cuento porque supongo que eso fue el inicio de todo, y cuando mamá quiere saber algo siempre dice «¡Por el principio, por el principio, por favor!».

En el secundario tuve otro «episodio». Yo seguía dibujando y nadie tocaba mis dibujos, porque sabían que yo creía en cosas como el bien y el mal, y me molestaba todo lo relacionado con lo segundo, que era a lo que se dedicaba en general la gente. La pelea con Fredo me había dado en el grupo un aire de respeto, y ya no se metían conmigo. Pero ese año un chico nuevo que se creía muy vivo se enteró de que Cecilia se había indispuesto por primera vez, así que aprovechó el recreo para entrar en el aula y llenarle la cartuchera de témpera roja. Lo vi todo desde mi mesa, dibujando disimuladamente. En la clase siguiente, cuando Cecilia buscó algo entre sus lápices, se manchó los dedos y la ropa y el chico le gritó que era una puta, que Cecilia era una puta como su madre y como todas, lo que de algún modo incluía también a mi mamá. Cecilia no me gustaba, pero al chico le di la cabeza contra el piso hasta que empezó a sangrar. El profesor tuvo que pedir ayuda para separarnos. Mientras nos sostenían para que no volviéramos a agarrarnos le pregunté si ahora el cerebro no le drenaba mejor. Me pareció una frase suprema, pero fui el único que se rio. Me llenaron el boletín de amonestaciones y me suspendieron por dos días. Mamá también estaba enojada conmigo, pero la escuché decir por teléfono que su hijo «no estaba acostumbrado a la intolerancia, y que todo lo que yo había querido hacer era proteger a esa pobre chica».

Desde entonces Cecilia hacía todo lo posible por ser mi amiga. Era un fastidio tenerla siempre sentada tan cerca, mirándome fijo a cada rato. Me escribía cartas sobre la amistad y el amor y las escondía entre mis cosas. Yo seguía dibujando. Mi mamá me había anotado en el taller de dibujo y pintura del colegio, que era todos los viernes. La profesora nos mandaba a comprar hojas A3, mucho más grandes de las que yo había usado hasta entonces. También témperas y pinceles. La profesora mostraba a la clase mis trabajos para explicar por qué yo era «tan genial», cómo lo lograba, y qué es lo que quería «comunicar con cada pincelada». En el taller aprendí a hacer todas las extremidades de las fichas de rompecabezas en 3D, aprendí a pintar fondos esfuminados que, «contra el realismo de un horizonte, dan idea de abstracción», y a pasarle spray a los mejores trabajos para que se conservaran bien y no perdieran «la intensidad de los colores».

Lo más importante para mí era pintar. Había otras cosas que me gustaban, como mirar televisión, no hacer nada y dormir. Pero pintar era lo mejor. En tercer año se organizó un concurso de pintura para exponer en el hall. El jurado eran la profesora de dibujo, la directora y su secretaria. Las tres eligieron «por unanimidad» mi obra «más representativa» y colgaron el cuadro en el hall de entrada del colegio. Por esos días a Cecilia le gustaba decir que yo estaba enamorado de ella, «desde siempre». Que el pez rojo y el pez azul que yo había empezado a dibujar entre las fichas de rompecabezas era una «abstracción romántica de nuestra relación». Que las fichas de rompecabezas de un pez encastraban en el otro porque éramos así, «el uno para el otro». Entonces, durante un recreo, descubrí que en el cuadro premiado, colgado en el hall, alguien había escrito nuestros nombres sobre cada pez; y en el pizarrón del aula, un corazón gigante atravesado por una flecha con nuestros nombres. Era la misma letra que la del cuadro. Todos lo habían visto y se miraban entre sí con sonrisa burlona. Cecilia me sonrió, colorada, y yo sentí otra vez esas ganas incontrolables de golpear, y aun antes de que nada sucediese vi la imagen de su cabeza golpeándose, el cuero cabelludo estrellarse una y otra vez contra las irregularidades del piso, la cabeza perforada, la sangre espesando los pelos. Sentí mi cuerpo abalanzarse sobre ella, descontrolado y, por alguna razón, un segundo después, contenerse. Fue como una «iluminación» –gente que sabe de esto me lo explicó mucho tiempo después–. Y la «iluminación» me ayudó a evitar las imágenes que acababa de ver, y me dio el impulso de todo lo que vino después: corrí hasta el taller de dibujo y pintura –algunos chicos me siguieron, Cecilia entre ellos–, saqué de los armarios las hojas y las témperas, y me senté a dibujar. Dibujé todo. Un primerísimo primer plano del espanto en un ojo de Cecilia, un recorte de su frente transpirada, llena de granos y puntos negros. El piso áspero debajo, la punta de mis dedos fuertes apenas entrando en cuadro, enredados en sus pelos, y después, puro, el rojo, manchándolo todo.

Si me preguntan qué aprendí en el colegio, solo puedo responder que a pintar. Todo lo demás, vino como se fue, no queda nada. Tampoco estudié después del secundario. Pinto cuadros de cabezas golpeando contra el piso, y me pagan fortunas por ellos. Vivo en un loft en el microcentro. Arriba tengo el cuarto y el baño, abajo la cocina y todo el resto es estudio, o «atelier», como le gusta llamarlo a Aníbal. Algunos piden retratos de sus propias cabezas. Les gustan los lienzos gigantes y cuadrados, los hago de hasta dos metros por dos metros. Me pagan lo que pida. Veo después los cuadros colgados en sus livings enormes y vacíos y creo que esos tipos se merecen verse a sí mismos tan bien estampados contra el piso por mi mano y parecen muy conformes cuando se paran frente a los cuadros. Tienen que verlos para entender de qué tipo de cuadros estoy hablando. Cuadros supremamente buenos.

No me gusta tener novias. Salí con algunas chicas, pero nunca funcionó. Tarde o temprano reclaman más tiempo o piden que diga cosas que en realidad no siento. Una vez probé decir lo que sentía y fue peor. Otra vez, una se volvió completamente loca sin que yo dijera absolutamente nada.

Decidió que yo no la amaba, que nunca iba a amarla, me obligó a agarrarla de los pelos y empezó a darse sola la cabeza contra la pared. Pienso que relaciones así no son sanas. Aníbal, que es mi representante y el tipo que se encarga de poner mis cuadros en las galerías y decidir qué precio tiene cada cosa que hago, dice que el tema de las mujeres no nos conviene. Dice que la energía masculina es superior, porque no se dispersa y es «monotemática». Monotemática es que solo piensa en una cosa, pero nunca dice en cuál. Dice que las mujeres son buenas al principio, «cuando están bien buenas», y buenas al final, porque vio morir a su padre en brazos de su madre y esa es una buena forma de morir. Pero todo lo que está en el medio es «un infierno». Dice que ahora tengo que concentrarme en lo que yo sé hacer, que es no decir nada y pintar. Es calvo y gordo, y no importa lo que pase, siempre está sacando palabras de su boca y aspirando con la nariz cada diez segundos. Aníbal antes fue pintor, pero nunca quiere hablar de eso. Como yo vivo encerrado, y él mismo convence a mi mamá de que no me moleste, suele pasar al mediodía a dejarme comida y darle un vistazo a lo que estoy trabajando. Se para frente a los cuadros, con los pulgares colgando de los bolsillos delanteros de los jeans, y dice siempre las mismas cosas: «Más rojo, necesita más rojo». O: «Más grande, tengo que verlo desde la otra esquina». Y casi siempre, antes de irse: «Sos un megagenio. Un me-ga-ge-nio». Cuando no me siento bien, porque estoy triste o cansado, me miro en el espejo del baño, cuelgo los pulgares de los bolsillos de mis jeans y me digo: «Sos un megagenio. Un me-ga-ge-nio». A veces funciona.

Y ahora viene la parte importante de la historia. Resulta que siempre tuve un terrible agujero entre las dos últimas muelas derechas, en el «maxilar superior», y hace un tiempo empezó a metérseme ahí cualquier cosa que como. Me agarré una caries insoportable. Aníbal dijo que no podía ir a cualquier dentista, porque después de las mujeres, los dentistas eran lo peor. Trajo una tarjeta y dijo: «Es coreano, pero es bueno». Me pidió una cita para esa misma tarde. John Sohn parecía joven, pensé que podría tener mi edad, aunque calcularle la edad a los coreanos es algo difícil. Me puso algo de anestesia, perforó dos dientes y tapó con pasta los agujeros que había hecho. Todo con una sonrisa perfecta y sin hacerme doler en ningún momento. Me cayó bien, así que le conté que pintaba cabezas contra el asfalto. John Sohn hizo un momento de silencio, que resultó ser como un momento de «iluminación» –lo que me hizo pensar que teníamos algo muy importante en común– y dijo «es justo lo que estoy buscando». Me invitó a cenar a uno de esos restaurantes coreanos de verdad. Quiero decir, no de los turísticos, sino de esos en los que se entra por una pequeña puerta en la que aparentemente no hay nada, y dentro hay un tremendo mundo coreano. Mesas grandes y redondas, aunque solo se sienten dos personas, el menú en coreano, todos los mozos coreanos y todos los clientes coreanos. John Sohn eligió para mí un plato tradicional y le dio al mozo instrucciones precisas acerca de cómo prepararlo. John Sohn necesitaba a alguien que pintara un cuadro gigante para su sala de espera. Dijo que lo importante era el diente. Quería hacer un trato: yo pintaba el cuadro, y él me arreglaba todos los dientes. Me explicó por qué quería el cuadro, cómo repercutiría eso sobre los clientes y el valor publicitario en su cultura coreana. Hablaba todo el tiempo, como Aníbal, y a mí me gusta que sea otro el que se encargue de hablar todo el tiempo. Cuando terminamos de comer John Sohn me presentó a unos coreanos de la mesa de al lado, y tomamos el café con ellos. Coreano no hablo, así que no entendí nada, pero verlos conversar me ayudó a darme cuenta de que yo tenía ahora un amigo dentista, y un trato importante con el amigo dentista, y que eso estaba muy bien.

Trabajé sobre el cuadro de John muchos días, hasta que una mañana desperté en el sillón del estudio, miré el tapiz y sentí un profundo agradecimiento: su amistad me había dado mi mejor cuadro. Lo llamé al consultorio y John se puso muy feliz, lo sé porque cuando algo lo entusiasmaba hablaba todavía más rápido, y a veces en coreano. Dijo que vendría a almorzar. Era la primera vez que un amigo venía a visitarme. Ordené un poco los cuadros, cuidando de dejar a la vista los mejores. Subí al cuarto la ropa tirada y llevé a la cocina los vasos y los platos sucios. Saqué comida de la heladera y la preparé en una bandeja. Cuando John llegó miró hacia todos lados, buscando el cuadro, pero yo le advertí que todavía no era «el momento», y él lo respetó porque los coreanos saben mucho del respeto, o al menos eso es lo que él siempre decía. Así que nos sentamos a almorzar. Le pregunté si quería más sal, si prefería algo más caliente, si le servía más gaseosa. Pero todo estaba bien para él. Pensé que podría venir alguna noche para ver películas o charlar de cualquier cosa, podíamos sacarnos una foto para poner en algún sitio de la casa, como hace la gente con «los suyos». Pero no dije nada todavía. John comía y hablaba. Lo hacía todo a la vez, y a mí no me molestaba porque eso es tener intimidad, es cosa de amigos. No sé cómo empezó ese tema, pero hablaba de los «niños coreanos» y la educación en su país. Los chicos entran a la escuela a las seis de la mañana y salen a las doce del día siguiente, es decir que pasan casi un día y medio en la escuela y solo les quedan libres cinco horas, que las utilizan para regresar a sus casas, dormir un poco, y volver. Dijo que cosas como esas son las que diferencian a los coreanos de los argentinos, las que los distingue del resto del mundo. No me gustó, pero a uno no puede gustarle todo de un amigo, pienso yo. Y pienso que, así y todo, a pesar de su comentario, estábamos bien. Sonreí. «Quiero que veas el cuadro», le dije. Caminamos hasta el centro de la sala. Dio unos pasos hacia atrás, calculando la distancia necesaria, y cuando sentí que era el momento quité la sábana que cubría el cuadro. John tenía manos finas y pequeñas, como de mujer, y siempre estaba moviéndolas para explicar lo que pensaba. Pero las manos quedaron quietas, colgando de los brazos como muertas. Le pregunté qué pasaba. Dijo que el cuadro tenía que tratarse del diente. Que lo que quería era un cuadro gigante para su sala de espera, el cuadro de un diente. Repitió eso varias veces. Miramos juntos el cuadro: la cara de un coreano estrellándose contra los azulejos negros y blancos de una sala de espera muy parecida a la de John. No está mi mano estrellando la cabeza, sino que la cabeza cae sola, y lo primero que da contra el esmalte de los azulejos, lo que recibe todo el peso de la caída, es uno de los dientes del coreano, con una rajadura vertical que, un instante después, terminará por abrir el diente al medio. No pude entender qué era lo que no funcionaba para John, el cuadro era perfecto. Y me di cuenta de que yo no estaba dispuesto a cambiar nada. Entonces John dijo que eso era lo que pasaba al fin y al cabo, y empezó otra vez con el tema de la educación coreana. Dijo que los argentinos éramos vagos. Que no nos gustaba trabajar y que así estaba nuestro país. Que eso nunca cambiaría, porque éramos como éramos, y se fue.

Me molestó mucho. Pero mucho. Porque argentinos son también mi mamá y Aníbal, y ellos sí trabajan muchísimo, y me molesta la gente que habla sin saber. Pero me dije que John era mi amigo. Contuve mi furia, y me sentí muy orgulloso de eso. Al día siguiente le escribí un mail explicándole que yo podría cambiar lo que fuera que él quisiera del cuadro. Le aclaré que «estéticamente» no estaba muy de acuerdo, pero entendía que quizá él necesitaba algo más «publicitario». Esperé un par de días, pero John no contestó. Entonces volví a escribirle, pensé que quizá él estaba ofendido por algo, y le expliqué que si era así yo necesitaba saber exactamente por qué, porque si no, no podía disculparme. Pero John tampoco contestó ese mail. Mamá llamó a Aníbal y le explicó que todo esto pasaba porque yo era «muy sensible», y todavía no estaba preparado para «el fracaso». Pero esto no tenía nada que ver con eso. El séptimo día sin noticias decidí llamar a John al consultorio. Me atendió su secretaria. «Buenos días, señor; no, señor, el doctor no se encuentra; no señor, el doctor no puede responder su llamada.» Pregunté por qué, qué estaba pasando, por qué John me hacía eso, por qué John no quería verme. La secretaria se quedó unos segundos en silencio y después dijo «El doctor se tomó algunos días, señor», y me cortó. Ese fin de semana pinté seis cuadros más de cabezas de coreanos partiéndose contra el asfalto, Aníbal estaba muy entusiasmado con los trabajos. Decía que «lo coreano» le daban «un aire nuevo a toda la serie», pero yo hervía de bronca y de a ratos también seguía muy triste, y entonces Aníbal, a condición de que no abandonara «la nueva ola de inspiración», me consiguió el teléfono y la dirección de la casa de John. Llamé inmediatamente y me atendió una mujer en coreano. Dije que quería hablar con John y repetí su nombre varias veces. La mujer dijo algo que no entendí, algo corto y rápido. Lo volvió a repetir. Después atendió un hombre, algún otro coreano que tampoco era John y también dijo cosas que no entendí.

Así que decidí algo, algo importante. Envolví el cuadro con la sábana, salí a la calle arrastrándolo como pude, esperé una eternidad hasta dar con uno de esos taxis con suficiente espacio detrás como para que entrara el cuadro, y le di al taxista la dirección de John. John vivía en un mundo coreano a cincuenta cuadras de mi barrio, lleno de carteles en coreano y de coreanos. El taxista me preguntó si estaba seguro de la dirección y si quería que me esperara en la puerta. Le dije que no hacía falta, le pagué y me ayudó a bajar el cuadro. La casa de John era antigua y grande. Apoyé el cuadro en las rejas de entrada, toqué el timbre, esperé. Hay muchas cosas que me ponen nervioso. No entender algo es una de las peores, la otra es esperar. Pero esperé. Pienso que esas son las cosas que uno hace por los amigos. Había hablado con mamá unos días antes y ella había dicho que mi amistad con John tenía, además, «brechas culturales», y que eso hacía todo más complicado. Le dije que las brechas culturales eran algo contra lo que John y yo podíamos luchar. Yo solo necesitaba hablar con él, entender que era lo que lo había hecho enojar tanto.

La cortina del living se movió. Alguien espió un momento por detrás. Una voz femenina dijo «Hola» en el portero. Dije que quería ver a John. «John no –dijo la mujer–, no.» Dijo otras cosas en coreano, el aparato hizo algunos ruidos y todo quedó en silencio. Volví a tocar. A esperar. A tocar. Escuché los pasadores de la puerta y un coreano mayor que John se asomó, me miró, y dijo: «John, no». Lo dijo enojado, frunciendo el ceño, pero sin mirarme a los ojos, y volvió a encerrarse en la casa. Me di cuenta de que no me sentía bien. Algo estaba mal, en mí, algo se salía otra vez de su sitio, como en los viejos tiempos. Volví a tocar el timbre. Grité «John» una vez, otra. Un coreano que pasaba por la vereda de enfrente se paró a ver. Volví a gritar al portero. Yo solo quería hablar con John. Grité su nombre otra vez. Porque John era mi amigo. Porque las «brechas» no tenían nada que ver con nosotros. Porque nosotros éramos dos, John y yo, y eso es tener un amigo. Y toqué otra vez el timbre. Clavé mi dedo en un timbre interminable, uno que dolió de tanto apretar, hasta que el coreano de enfrente dijo algo en su idioma. No sé qué, como si quisiera explicarme alguna cosa. Y yo otra vez «John, John» muy fuerte, como si algo terrible estuviera pasándome. El coreano se acercó, hizo un gesto con la mano, para que me calmara. Solté el timbre para cambiar de dedo y seguí gritando. Se escuchó una persiana caer en otra casa. Sentí que me faltaba el aire. Que me faltaba algo. Entonces, el coreano, me tocó el hombro. Sus dedos en mi camisa. Y fue un dolor enorme: la brecha cultural. Mi cuerpo se sacudió, se sacudió sin que yo pudiera controlarlo, mi cuerpo ya no entendía las cosas, como al principio, como otras tantas veces. Solté el cuadro, que cayó boca abajo sobre la vereda, y agarré al coreano de los pelos. El coreano pequeño, flaco y metido. El coreano de mierda que se levantó a las cinco de la mañana durante quince años para afianzar la brecha dieciocho horas por día. Lo sostuve de los pelos tan fuerte que me clavé las uñas en la palma de las manos. Y esa fue la tercera vez que estrellé la cabeza de alguien contra el asfalto.

Cuando me preguntan si «abrirle la cabeza al coreano sobre el reverso de mi tapiz esconde una intención estética» miro hacia arriba y hago como que pienso. Eso es algo que aprendí de ver a otros artistas hablar en televisión. No es que no entienda bien la pregunta, es que realmente no me interesa. Tengo problemas legales, muchos problemas legales. Porque no sé diferenciar a los coreanos de los japoneses, ni a los japoneses de los chinos, y cada vez que veo a alguno de todos esos lo agarro de los pelos y empiezo a darle la cabeza contra el asfalto. Aníbal consiguió un buen abogado, que alega «insania», que es que estás loco y eso es mucho mejor ante la ley. La gente dice que soy un racista, un hombre «descomunalmente malo», pero mis cuadros se venden por millones y yo empiezo a pensar en eso que siempre decía mi mamá, eso de que el mundo lo que tiene es una gran crisis de amor, y de que, al fin y al cabo, no son buenos tiempos para la gente muy sensible.

LA MEDIDA DE LAS COSAS

De Enrique Duvel sabía que era rico por herencia y que, aunque a veces se lo veía con alguna mujer, todavía vivía con la madre. Los domingos daba vueltas a la plaza en su auto descapotable, concentrado en sí mismo, sin mirar ni saludar a ningún vecino, y así desaparecía hasta el fin de semana siguiente. Yo tenía la juguetería que había heredado de mi padre, y un día lo sorprendí en la calle, mirando con recelo la vidriera de mi negocio. Se lo comenté a Mirta, mi mujer, que dijo que quizá yo lo había confundido con otra persona. Pero después ella misma lo vio. Se detenía algunas tardes frente a la juguetería y miraba la vidriera un rato. La primera vez que entró lo hizo sin la menor convicción, como avergonzado y no muy seguro de lo que buscaba. Se acercó hasta el mostrador y revisó desde ahí las estanterías. Esperé a que hablara. Jugó un momento con el llavero del auto y al fin pidió el modelo de un avión a escala para armar. Le pregunté si quería que se lo envolviera para regalo, pero dijo que no.

Regresó varios días después. Miró otro buen rato la vidriera y pidió el modelo que le seguía. Le pregunté si los coleccionaba, pero dijo que no.

En visitas sucesivas compró coches, barcos y trenes. Pasaba casi todas las semanas y siempre se llevaba algo. Una noche, cuando yo cerraba las persianas del negocio, lo encontré afuera, solo frente a la vidriera. Serían alrededor de las nueve y ya no había casi gente en la calle. Me costó reconocerlo, entender que ese hombre que temblaba, con la cara roja y los ojos llorosos, podía de todas formas ser Enrique Duvel. Parecía asustado. No vi su auto y por un momento pensé que quizá lo habían asaltado.

–¿Duvel? ¿Está bien?

Hizo un gesto confuso.

–Es mejor si me quedo acá –dijo.

–¿Acá? ¿Y su madre? –Me arrepentí de mi pregunta, temí haberlo ofendido.

–Se encerró en la casa con todas las llaves. Dice que no quiere volver a verme.

Nos miramos un momento, sin saber muy bien qué hacer el uno con el otro.

–Mejor si me quedo acá –repitió.

Pensé que Mirta no iba a estar de acuerdo, pero a esa altura le debía a Enrique Duvel casi el veinte por ciento de mis ganancias mensuales y no podía echarlo.

–Es que acá, Duvel… Acá no hay dónde dormir.

–Le pago la noche –dijo. Revisó sus bolsillos–. Acá no traigo plata… Pero puedo trabajar, seguro hay algo que yo pueda hacer.

Aunque sabía que no era una buena decisión, lo hice pasar. Entramos a oscuras. Cuando encendí las luces las vidrieras le iluminaron los ojos. Algo me decía que Duvel no dormiría en toda la noche y temí dejarlo solo. Vi entre las góndolas la gran pila de cajas de juguetes que no había llegado a ordenar e imaginé al rico y refinado Duvel del que a veces hablaban las amigas de Mirta, reponiendo en la noche mis estanterías vacías. Encargárselas podía ser un problema, pero lo mantendrían ocupado.

–¿Podría ordenar las cajas? –pregunté.

Asintió.

–Yo expongo todo mañana, solo hay que separar los artículos por rubro –me acerqué a la mercadería–, los rompecabezas con los rompecabezas, por ejemplo. Se fija dónde están y lo acomoda todo junto, ahí, en los estantes. Y si…

–Entiendo perfectamente –me interrumpió Duvel.

Se alejó mirando el piso, repitiendo algunas veces un gesto sutil con el dedo índice, como si intentara callar a alguien pero se sintiera demasiado humillado para hacerlo. Yo quería explicarle que para dormir no había más que un sillón viejo en el depósito, darle algunos consejos sobre la cadena del baño, pero no quise incomodarlo más. Lo dejé tranquilo y me fui sin despedirme.

Al día siguiente salí para la juguetería unos minutos antes. Me alivió ver que las persianas estaban levantadas, y apagadas las luces que ya no hacían falta. Solo cuando estuve adentro me di cuenta de que la decisión de dejar a Duvel solo había sido un tremendo error. Nada estaba en su lugar. Si en ese mismo instante un cliente entraba y pedía el muñeco de un superhéroe determinado, no me hubiera alcanzado la mañana para encontrar el pedido. Me acuerdo de que pensé en Mirta, en cómo se lo explicaría, y también del cansancio repentino cuando calculé los días que me llevaría reorganizar todo. Después me di cuenta de algo más, algo tan insólito que, por un momento, tardé en asimilarlo: Duvel había reordenado la juguetería cromáticamente. Modeladores de plastilina, juegos de cartas, bebés gateadores, carritos con pedales, todo estaba mezclado. Sobre las vidrieras, en las góndolas, en las repisas: los matices de colores se extendían de un extremo a otro del negocio. Todavía recuerdo esa imagen como el principio del desastre. Tiene que irse, pensé, tengo que sacar a este hombre de la juguetería ahora mismo. Duvel me miraba. Estaba serio y de pie frente a mí, con su gran arcoíris detrás. Yo estaba buscando cómo decir lo que quería decir cuando sus ojos se detuvieron un momento en algo más. Giré hacia la calle para ver. Detrás del vidrio una mujer y sus dos hijos miraban el interior del local. Tenían las manos pegadas como viseras contra el vidrio y comentaban fascinados lo que veían, como si dentro algo maravilloso estuviera moviéndose entre las góndolas. Era el horario de entrada escolar. A esa hora la cuadra se llenaba de chicos y padres y, sin poder evitar detenerse frente a la vidriera, muchos se fueron sumando. Antes del mediodía el local estaba lleno: nunca se vendió tanto como esa mañana. Era difícil localizar los pedidos, pero pronto descubrí que bastaba con que yo nombrara un artículo para que Duvel asintiera y corriera en su búsqueda. Los encontraba con una naturalidad tan eficiente que me desconcertaba.

–Llámeme por mi nombre –me dijo al final de ese largo día de trabajo–, si le parece…

Los colores, ordenados por su gama, destacaban artículos que antes no llamaban la atención. Las patas de rana, verdes, seguían por ejemplo a los sapos con silbato que ocupaban las últimas filas del turquesa, mientras los rompecabezas de glaciares, que venían del marrón por la base de tierra de sus paisajes, cerraban el círculo uniendo sus picos de nieve con pelotas de vóley entre peluches de leones albinos.

Ni ese día, ni ningún otro por ese entonces, se cerró el local a la hora de la siesta, y el momento del cierre comenzó a retrasarse un poco más. Enrique durmió en el local también esa noche y otras tantas noches que le siguieron. Mirta estuvo de acuerdo en armar para él un espacio en el depósito. Los primeros días tuvo que conformarse con un colchón tirado en el piso, pero al poco tiempo conseguimos una cama. Una o dos veces por semana, durante la noche, Enrique reorganizaba la juguetería. Armaba escenarios utilizando las formas de los ladrillos gigantes; modificaba, moviendo los juguetes apilados contra el vidrio, la luz del interior del local; construía castillos que recorrían las góndolas. Fue inútil insistir en un sueldo, no le interesaba.

–Es mejor si me quedo acá –decía–, mejor que el sueldo.

No salía del negocio, al menos yo nunca lo vi salir. Comía lo que Mirta le mandaba por las noches: viandas que empezaron siendo algunas rodajas de pan con fiambre y terminaron en elaborados platos para las dos comidas del día.

Enrique nunca tocó esos modelos para armar que antes habían llamado tanto su atención. Ocupaban las estanterías más altas del local y ahí permanecieron siempre. Fue lo único que conservó su lugar. Prefirió en cambio los rompecabezas y los juegos de mesa. En las mañanas, si yo llegaba antes de hora, encontraba a Enrique sentado a la mesa con su vaso de leche, jugando con los dos colores de las damas chinas o encastrando las últimas piezas de un gran paisaje otoñal. Se había vuelto silencioso, pero sin dejar de ser atento con los clientes. Se tomó la costumbre de armar su cama por las mañanas, de limpiar la mesa y barrer el piso después de comer. Al terminar, se acercaba hasta mí o hasta Mirta –que por el exceso de trabajo había empezado a atender el mostrador– y decía: «Ya armé la cama» o «Acabo de terminar de barrer» o incluso «Ya terminé con lo que había que terminar» y era el modo –obsecuente, decía Mirta– lo que de alguna manera empezaba a preocuparnos.

Una mañana descubrí que había recreado sobre la mesa –con muñecos articulados, animales de granja y ladrillos para armar– un pequeño zoológico. Tomaba de su vaso de leche mientras abría la verja de los caballos y los hacía galopar, uno por uno, hasta un pulóver oscuro que hacía de montaña. Lo saludé y volví al mostrador para empezar el trabajo. Cuando se acercó parecía avergonzado.

–Ya armé la cama –dijo– y terminé con lo que había que....

–Está bien –dije–. Quiero decir, no importa si se arma o no la cama. Es tu cuarto, Enrique.

Pensé que nos estábamos entendiendo pero miró hacia el piso, aún más avergonzado, y dijo:

–Perdón, no vuelve a pasar. Gracias.

Enrique dejó de reordenar también los juegos de mesa. Colocó las cajas en los estantes superiores, junto a las réplicas para armar, y solo subía por ellas si algún cliente reclamaba específicamente ese artículo.

—Hay que hablar con él –decía Mirta–, la gente va a creer que no trabajamos más rompecabezas. Que él ya no los use no significa que no estén a la venta.

Pero no le dije nada. Las cosas iban muy bien en el negocio y no quería lastimarlo.

Con el tiempo empezó a rechazar algunas comidas. Se encaprichó con la carne, el puré y las pastas con salsas simples. Si le llevábamos otra cosa, no comía, así que Mirta empezó a cocinar lo que a él le gustaba.

Alguna que otra vez los clientes le dejaban monedas, y cuando juntó lo suficiente compró en la juguetería un tazón de plástico azul que traía en el frente un auto descapotable en relieve. Lo usaba para desayunar, y a la mañana, al reportar el estado de la cama y el cuarto empezó a agregar:

—También lavé mi taza.

Mirta me contó con preocupación que una tarde en que lo estaba mirando jugar con un chico, Enrique se aferró de pronto a un superhéroe miniatura y se negó a compartirlo. Cuando el chico se echó a llorar Enrique se alejó enojado y se encerró en el depósito.

—Sabés cuánto cariño le tengo –dijo esa noche mi mujer–, pero esas son cosas que no deberíamos permitirle.

Aunque mantenía su ingenio a la hora de reorganizar la mercadería, al tiempo también dejó de jugar con los muñequitos articulados y los ladrillos y los había archivado junto con los juegos de mesa y las réplicas para armar, en las ya atiborradas estanterías superiores. Los juguetes que aún se reordenaban y estaban al alcance de los clientes conformaban entonces una franja demasiado pequeña y monótona que apenas atraía a los chicos de menor edad.

—Por qué ponés esas cosas tan altas, Enrique.

Miró los estantes desconsolado, como sí, efectivamente, ya estuvieran demasiado altos también para él. No contestaba, estaba cada vez más callado.

Poco a poco, las ventas volvieron a bajar. Sus arcoíris, sus vidrieras y sus castillos perdieron el esplendor de esos prime-

BAJO TIERRA

Necesitaba descansar, tomar algo para despabilarme. La ruta estaba oscura y todavía tenía que conducir varias horas. El parador era el único que había visto en kilómetros. Las luces interiores le daban cierta calidez, y había dos o tres coches estacionados frente a los ventanales. Dentro, una pareja joven comía hamburguesas. Al fondo, un tipo de espaldas y otro hombre, más viejo, en la barra. Me senté junto a él, cosas que uno hace cuando viaja demasiado, o cuando hace tanto que no habla con nadie. Pedí una cerveza. El barman era gordo y se movía despacio.

–Son cinco pesos –dijo.

Pagué y me sirvió. Hacía horas que soñaba con mi cerveza y esa era bastante buena. El viejo miraba el fondo de su vaso, o cualquier otra cosa que pudiese verse en el vidrio.

–Por una cerveza le cuentan la historia –dijo el gordo señalándome al viejo.

El viejo pareció despertar y se volvió hacia mí. Tenía los ojos grises y claros, quizá tuviera un principio de cataratas o algo por el estilo, era evidente que no veía nada bien. Pensé que adelantaría algo de la historia, o que se presentaría. Pero se quedó quieto, como un perro ciego que cree haber visto algo y no tiene mucho más que hacer.

–Vamos, amigo –dijo el gordo, y me guiñó el ojo–, solo es una cerveza para el abuelo.

Dije que sí, que por supuesto. El viejo sonrió. Saqué cinco pesos para el gordo y otra vez, en menos de un minuto, el viejo tenía lleno el vaso. Tomó un par de tragos y se acomodó automáticamente hacia mí. Pensé que ya habría contado la historia un centenar de veces, y por un momento me arrepentí de haberme sentado al lado del viejo.

–Esto pasa adentro –dijo, señalando el secacopas o, quizá, un horizonte imaginario que yo todavía no podía ver–, adentro, bien en el campo. Había un pueblo ahí, un pueblo minero, ¿entiende? Un pueblo chico, la mina recién empezaba a funcionar. Pero tenía ahí una plaza, la iglesia, y la calle que iba hasta la mina estaba asfaltada. Los mineros eran jóvenes. Habían llevado a sus mujeres y en pocos años ya había muchos chicos, ¿entiende?

Asentí. Busqué con la mirada al gordo, que evidentemente ya conocía la historia y se distraía acomodando botellas a un lado de la barra.

–Bueno, estos chicos estaban todo el día en la calle. Corriendo de una casa a otra, jugando. Un día uno de estos chicos descubre en un descampado algo extraño. La tierra estaba ahí como hinchada. Era poca cosa, no a cualquiera le hubiese llamado la atención, pero pareció suficiente para ellos. Los que estaban ahí, no eran muchos los que lo encontraron, se fueron acercando, hicieron un círculo alrededor y estuvieron así un rato. Uno se arrodilló y empezó a escarbar la tierra con las manos, así que el resto hizo lo mismo. Enseguida encontraron algún balde de juguete o cualquier otra cosa que sirviera de pala, y empezaron a cavar. Fueron sumándose otros a lo largo de la tarde. Llegaban y se sumaban sin preguntar, como si ya hubiesen sido avisados del pozo. Los primeros terminaban por cansarse e iban dejando lugar a los nuevos. Pero no se alejaban. Se quedaban cerca, mirando siempre la obra. Al día siguiente volvieron más preparados, traían baldes, cucharones de cocina, palas de maceta, cosas que seguramente les habían pedido a sus padres. El agujero pasó a ser un pozo. Cabían cinco o seis adentro. Apenas si les asomaba la cabeza. Juntaban la tierra en los baldes y se los pasaban a los de arriba que, a su vez, la llevaban hasta un montículo que iba creciendo, ¿me entiende?

Asentí, y aproveché la interrupción para pedirle al gordo más cerveza. Pedí otra para el viejo. Él aceptó, pero la interrupción no pareció gustarle. Se quedó callado, y solo siguió cuando el gordo dejó frente a nosotros los nuevos vasos y se concentró de nuevo en sus cosas.

–Los chicos empezaron a interesarse solo en el pozo, no había ninguna otra cosa que llamara su atención. Si no podían estar ahí cavando, hablaban entre ellos del tema, y si estaban con adultos, prácticamente no hablaban. Obedecían sin discutir, sin prestar atención a lo que se les decía, y por respuesta solo se escuchaba «Sí», «No», «Da igual». Siguieron cavando. Trabajaban más organizados, de a turnos cortos. Como el pozo ya era más profundo subían los baldes con sogas. En las tardes, antes de que oscureciera, se ayudaban entre ellos para salir y tapaban con tablas la boca. Algunos padres estaban entusiasmados con la idea del pozo, porque decían que eso les permitía jugar a todos juntos, y que eso era bueno. A otros les daba igual. Seguro había padres que ni sabían del tema. Yo creo que algún adulto, intrigado por todo el asunto, debe haberse acercado una noche, mientras los chicos dormían, y debe haber levantado las tablas. ¿Pero qué puede verse en la noche, en un pozo vacío cavado por chicos? No creo que hayan encontrado nada. Deben haber pensado que solo era un juego, eso deben haber pensado, hasta el último día.

El viejo no dijo nada más. Me quedé esperando, no sabía si había terminado. Aunque se me ocurrieron un par de comentarios ninguno me pareció oportuno. Busqué al gordo, atendía la mesa de la pareja joven, que ya se iba. Abrí la billetera, conté otros cinco pesos y los puse entre los dos. El viejo agarró el dinero y lo guardó en su bolsillo.

–Esa noche perdieron a sus hijos. Empezaba a oscurecer. Era el momento del día en que los chicos volvían a sus casas, pero no había señales de ellos. Salieron a buscarlos y se encontraron con otros padres también preocupados, y cuando empezaron a sospechar que algo podía haber pasado, ya casi todos estaban en la calle. Los buscaron desorganizadamente, cada uno por su lado. Fueron a la escuela, a las casas donde antes solían jugar. Algunos se alejaron y fueron hasta la mina, examinaron los alrededores, revisaron incluso sitios donde los chicos no podrían llegar solos. Buscaron durante horas y no encontraron a ninguno. Supongo que cada padre por su cuenta había pensado alguna vez que algo malo podía pasarle a su hijo. Un chico trepado a un paredón puede caerse y abrirse la cabeza en un segundo. Puede ahogarse en el estanque jugando con otro a hundirse entre sí, puede atorársele en la garganta un carozo, una piedra, cualquier cosa, y morirse ahí nomás. ¿Pero qué fatalidad podía borrarlos a todos de la tierra? Discutieron. Pelearon. Quizá porque pensaron que podrían encontrar alguna pista, fueron concentrándose alrededor del pozo, y levantaron las tablas. Deben haberse mirado entre sí, confundidos, sin saber muy bien qué pasaba: no había ningún pozo. Las tablas tapaban una protuberancia, el montículo que queda en la tierra cuando se la remueve, o cuando se entierra a los muertos. Podría pensarse que el pozo se había derrumbado, o que los chicos lo habían vuelto a tapar, pero la tierra que habían sacado seguía ahí, podían verla desde donde estaban. Fueron por palas y empezaron a cavar donde antes lo habían hecho los chicos. Una madre gritaba desesperada.

»–Paren, por favor. Despacio, despacio… –gritaba–, van a darles con las palas en la cabeza.

»Hubo que calmarla entre varios.

»Al principio cavaban con cuidado, más tarde abrían la tierra a palazos. Bajo la tierra no había más que tierra, y algunos padres se rindieron y empezaron a dejar el pozo, confundidos. Otros siguieron trabajando hasta la noche siguiente, ya sin ningún cuidado, agotados, y al final todos terminaron por regresar a sus casas, más solos que nunca.

»El gobernador viajó hasta el pueblo. Trajo gente aparentemente especializada para examinar el pozo. Les hicieron repetir la historia varias veces.

»–¿Dónde estaba exactamente el pozo? –preguntaba el capataz.

»–Acá, exactamente acá.

»–¿Pero no es que este pozo lo cavaron ustedes?

»Los hombres del gobernador dieron vueltas por el pueblo, revisaron algunas casas, y no volvieron nunca más. Entonces empezó la locura. Dicen que una noche, una mujer escuchó ruidos en la casa. Venían del suelo, como si una rata o un topo escarbara bajo el piso. El marido la encontró corriendo los muebles, levantando las alfombras, gritando el nombre de su hijo mientras golpeaba el piso con los puños. Otros padres empezaron a escuchar los mismos ruidos. Arrinconaron contra las paredes todos los muebles. Arrancaron con las manos las maderas del piso. Abrieron a martillazos las paredes de los sótanos, cavaron en sus patios, vaciaron los aljibes. Llenaron de agujeros las calles de tierra. Tiraban cosas adentro, comida, abrigo, juguetes; luego volvían a taparlos. Dejaron de enterrar la basura. Levantaron del cementerio los pocos muertos que tenían. Dicen que algunos padres siguieron cavando noche y día en el descampado, y que solo se detuvieron cuando el cansancio o la locura acabaron con sus cuerpos.

El viejo miró su vaso vacío y yo inmediatamente le pasé otros cinco pesos. Pero había terminado; rechazó el dinero.

–¿Sale? –me preguntó.

Sentí que era la primera vez que me hablaba. Como si toda la historia no hubiera sido más que eso, una historia paga ya terminada. Los ojos grises y ciegos del viejo me miraban. Dije que sí. Saludé con un gesto al gordo, que asintió desde la pileta, y salimos. Afuera volví a sentir el frío. Le pregunté si podía alcanzarlo a algún lugar.

–No. Le agradezco –dijo.

–¿Quiere un cigarrillo?

Se detuvo. Saqué un cigarrillo y se lo pasé. Busqué en mi abrigo el encendedor. El fuego le iluminó las manos. Eran oscuras, gruesas y rígidas como garrotes. Pensé que las uñas podrían haber sido las de un ser humano prehistórico. Me devolvió el encendedor y caminó hacia el campo. Sin entender del todo, lo vi alejarse.

–¿Adónde va? –pregunté–. ¿Seguro no quiere que lo alcance?

Se detuvo.

–¿Vive acá?

–Trabajo –dijo–, más allá. –Señaló campo adentro.

–¿Qué hace?

Dudó unos segundos, miró el campo, y después dijo:

–Somos mineros.

De pronto ya no sentía frío. Me quedé unos minutos para verlo alejarse. Forcé la vista deseando encontrar algún detalle revelador. Solo cuando su figura se perdió del todo en la noche regresé al auto, prendí la radio y me alejé a toda velocidad.

LA PESADA VALIJA DE BENAVIDES

Regresa al cuarto con una valija. Resistente, forrada en cuero marrón, se apoya sobre cuatro ruedas y ofrece con elegancia su manija a la altura de las rodillas. Benavides no se arrepiente de sus acciones. Cree que las puñaladas sobre su mujer fueron justas, pero sabe que pocos comprenderán las razones. Por eso opta por el siguiente plan: evitar que la sangre chorree envolviendo el cuerpo en bolsas de residuos, abrir la valija junto a la cama y, con el trabajo que implica doblar el cuerpo de una mujer muerta tras veintinueve años de vida matrimonial, empujarlo hacia el piso para que caiga sobre la valija. Oprimir sin cariño, dentro de los espacios libres, la masa sobrante, hasta terminar de encastrar el cuerpo en la base. Más por prolijidad que por precaución, recoger las sábanas ensangrentadas y guardarlas en el lavarropas. Envuelta en cuero sobre cuatro ruedas ahora vencidas, el peso de la mujer no disminuye en absoluto, y aunque Benavides es pequeño debe agacharse un poco para alcanzar la manija, postura que no ayuda en gracia ni en practicidad, y poco colabora en la aceleración del trámite. Pero él, hombre organizado, en pocas horas está en la calle, en la noche, avanzando, pasos cortos y valija atrás, hacia la casa del doctor Corrales.

El doctor Corrales vive cerca. Benavides toca el timbre de un gran portón cubierto por plantas sobre el cual pueden verse los pisos más altos de la construcción. Una voz femenina en el portero dice: «Diga». Y Benavides dice: «Benavides, necesito hablar con el doctor Corrales». El aparato hace los ruidos propios de un portero eléctrico que lleva allí varios años, y luego permanece en silencio. En puntas de pie, Benavides espía entre las tupidas plantas que se asoman tras el muro, pero no logra ver nada. Vuelve a tocar el timbre. La voz del portero dice: «Diga» y Benavides dice otra vez: «Benavides, que quiere hablar con el doctor Corrales». El aparato repite los mismos ruidos y luego permanece en silencio. Benavides, quizá cansado por las tensiones del día, acuesta la valija en el piso y se sienta sobre ella. Un rato después el portón se abre y algunos hombres salen y se despiden. Benavides se incorpora, no identifica entre ellos al doctor Corrales. Dice:

–Necesito hablar con el doctor Corrales.

Uno de los hombres pregunta su nombre.

–Benavides.

El hombre le indica que aguarde un momento y vuelve a entrar a la casa. El resto de los hombres lo miran con curiosidad. Minutos más tarde, el hombre que se había alejado regresa:

–El doctor lo espera –dice a Benavides, y Benavides vuelve por su valija y entra a la casa acompañado por el hombre.

No es extraño encontrar al doctor Corrales en pleno ejercicio de sus virtudes frente a una decena de discípulos. Erguido sobre el piano, rodeado de hermosos y jóvenes admiradores, se deja llevar por el tiempo que le demanda una sonata que lo obliga a duplicar su esfuerzo segundo a segundo. Benavides, que comprende, aguarda junto a una de las tantas columnas del centro de la sala hasta que la interpretación culmina y los hombres que antes rodeaban al doctor abren el semicírculo que formaban. Corrales recibe agradecido la copa de champaña que se le ofrece. Alguien se acerca al doctor y le comenta algo al oído al tiempo que mira a Benavides. Corrales sonríe y hace a Benavides una seña. Benavides toma su valija y se acerca.

–Cómo le va, Benavides...

–Doctor, tengo que hablar con usted, en privado.

–Dígame, Benavides, acá estamos en confianza…

–Decirle no es problema, doctor. Lo que pasa es que… –Benavides mira su valija– pasa que tengo que mostrarle algo.

El doctor Corrales enciende un cigarro y estudia la valija.

–Bueno, qué más da. Le doy cinco minutos, Benavides. Venga, sígame a mi consultorio.

Los escalones de mármol blanco dificultan el paso de Benavides, que carga con la inoportunidad de esa valija demasiado grande. La segunda escalera, la que nace en el primer piso, es todavía peor. Demasiado angosta, de altos escalones cortos y paredes empapeladas con arabescos negros y bordó, hace del esfuerzo de Benavides una lucha desmesurada. Paso a paso, la carga de la valija va empapándolo de sudor a la vez que el cuerpo ágil y libre del doctor Corrales se aleja y se pierde escalones arriba. Y quizá sea esta soledad húmeda y oscura en la que Benavides se encuentra la que lo hace reflexionar y dudar del presente. No del presente inmediato, es decir, de la escalera, del esfuerzo y del sudor, pero sí del asesinato. Quizá es aquí cuando se dice que todo podría ser un sueño, que otra vez ha estado fantaseando sobre la posibilidad de matar a su esposa y ahora sube las escaleras que lo llevan al consultorio del médico, a quien ha molestado a las dos y media de la mañana, arrancándolo de sus célebres y prestigiosos invitados, para decirle: «Mire, doctor, lo siento, pero todo ha sido una equivocación». ¿Qué hacer entonces? Mentir sería una insensatez y correr escaleras abajo sería inútil, puesto que en la próxima sesión debería decir la verdad de cualquier forma, y a esto habría que sumarle una excusa que justificara el haber escapado de su casa a las dos de la mañana con la valija. Tras el último escalón Benavides encuentra que el doctor Corrales lo espera junto a la pequeña puerta de su consultorio y lo invita a pasar. Dentro, el doctor enciende una pequeña lámpara. Una luz tenue ilumina el espacio que los rodea. Invita a Benavides a sentarse del otro lado del escritorio. Sin soltar la manija de su equipaje,

Benavides accede. El doctor se coloca un par de anteojos y busca en el fichero el apellido Benavides.

–Muy bien, ¿que nos apura a adelantar treinta y ocho horas su próxima sesión?

Benavides se reacomoda en el asiento.

–Doctor, todo es un gran malentendido, le debo una disculpa, verá…

El doctor Corrales lo observa por sobre los anteojos.

–Es un sueño, quiero decir… Estoy confundido, por un momento pensé que había matado a mi mujer y que la había enroscado en la valija y ahora entiendo que en realidad…

El doctor Corrales lo interrumpe:

–A ver si entiendo, Benavides… Usted irrumpe en mi casa, en mi reunión íntima, a las dos y media de la mañana, con una valija en la que dice llevar a su esposa y encima pretende convencerme de que todo es un sueño para irse así nomás, sin más ni menos…

Benavides se aferra a la manija.

–Usted cree que yo soy estúpido, Benavides.

–No, doctor.

El doctor Corrales lo mira un momento. Un tiempo a él, un tiempo a su valija. No parece estar molesto ni contrariado. Más bien parece que, muy internamente, ya hubiera tomado algún tipo de decisión.

–¡Levántese!

–Sí, doctor.

Benavides se incorpora sin soltar la manija, obstáculo que lo inclina levemente hacia la derecha.

–Usted está sumamente exaltado. Fatigado. Vamos a tratar de calmarnos, ¿de acuerdo?

–Sí, doctor.

–Deje a su mujer acá y sígame.

–¿A mi mujer?

–¿No dijo que era su mujer?

Corrales ya va hacia la puerta, pero Benavides es incapaz de soltar la manija.

–Relájese, Benavides. Está sobreexcitado, necesita descansar. Le doy una habitación, duerme un poco, y mientras tanto yo pienso qué hacemos, ¿le parece?

–No, doctor, yo preferiría…

Corrales empuja hacia Benavides un vaso con agua. Le da dos pastillas blancas.

–Esto le va a ayudar –dice, y se queda mirando hasta que Benavides obedece y se las toma.

Lo insta a salir del consultorio sin la valija.

–Después volvemos por ella –dice Corrales.

Avanzan por un pasillo alfombrado en el cual cada tantos metros hay dos puertas enfrentadas hasta que al fin Corrales se detiene ante el tercer par y abre la puerta de la derecha.

–Su cuarto –anuncia–, descanse mientras soluciono sus problemas.

Despierta Benavides en la luz de un nuevo día y por un momento cree encontrarse en su cama, junto a su mujer, en una infeliz mañana cualquiera. Pronto comprende la situación. ¿Qué hacer con su desdicha? Pensar que a pocos cuartos de distancia su mujer lo espera enroscada en una valija. Confía escuchar tras la puerta la voz del doctor, «Despierte, Benavides, su problema está resuelto», o «Buenos días, Benavides, aquí estoy con su mujer que ya se siente mejor», o simplemente «Despierte, Benavides, todo fue un mal sueño, desayunemos algo mientras esperamos su taxi…». El modo importa menos que la pronta resolución del problema. Pero el tiempo transcurre y nada sucede. Todo objeto se compone de millones de partículas que se desplazan de un lado a otro y aún así Benavides no logra percibir en el cuarto nada que pueda ser considerado movimiento. Al fin se incorpora. Se ha acostado vestido, de modo que ahora se limita a ponerse sus zapatos. Abre la puerta. Le molesta en los ojos la luz de los ventanales, al final del pasillo. Le cuesta reconocer en cuál de todas las puertas dejó anoche a su mujer.

Encuentra el consultorio y la situación empeora. Lo que hay, o mejor aún, lo que no hay, es angustiante. Dentro de la habitación, nada que se parezca a una valija. Así, la desdicha encuentra a Benavides incluso en casa ajena: alguien se ha llevado a su mujer. A paso rápido, recorre el final del primer piso, baja las escaleras, cruza el hall central hacia otros pasillos y partes de la casa para él desconocidas: más pasillos, nuevas habitaciones, jardines de invierno repartidos caprichosamente por la casa, una gran cocina en la que irrumpe exhausto para que tres cocineras de uniformes impecables lo miren sin sorpresa unos pocos segundos. Pero en ningún sitio el doctor Corrales, en ningún rincón la valija o cualquier otra valija, y de ninguna manera su mujer de pie y hablando. En la cocina las mujeres regresan a sus quehaceres culinarios.

–Busco al doctor Corrales.

–Desayuna –dice una de las mujeres.

Benavides vuelve un momento su mirada a los pasillos vacíos y luego regresa al umbral.

–¿Dónde?

–Desayuna –repite la mujer–, no se sabe dónde.

Benavides vuelve al pasillo. Detrás de él está el doctor Corrales, con una humeante taza de café y un pan de queso a medio terminar.

–Anoche llegó en muy malas condiciones, Benavides, mucho alcohol. Le guardé la valija en el garaje, ¿le pido un coche?

–Usted no entiende. Anoche hubo un incidente, un problema, en mi casa, verá…

–Yo entiendo, Benavides, usted sabe que acá no tiene que explicar nada, vaya tranquilo nomás –dice Corrales a la vez que le ofrece un trozo de pan de queso.

–No, gracias –dice Benavides–. Se trata de mi mujer.

–Sí, ya sé, casi todo se trata de eso, pero qué va a hacer…

–No, no entiende, mi mujer está muerta.

–¿Por qué insiste, Benavides? Si yo le digo que lo entiendo… La mía está muerta desde que nos casamos. Cada tanto habla: insiste en que estoy gordo, que hay que hacer algo con mi madre, el tema del medioambiente... No hay que darles tanta importancia.

–No, mire, deme la valija y le muestro.

–En el garaje, Benavides. Ahora lo dejo que tengo pacientes.

–No, escuche...

–Vaya a su casa: se ducha y antes de acostarse me toma estas pastillas, va a ver como duerme.

Benavides rechaza las pastillas.

–Venga, se lo ruego. Tengo que mostrarle lo que traigo en la valija.

Corrales termina su pan. Suspira y asiente mirando su taza vacía.

Salen por la puerta principal y cruzan el jardín. Durante el recorrido un cosquilleo intensifica los nervios de Benavides. Ingresan al garaje por el frente. Dentro está oscuro. Corrales enciende la luz y todo se ilumina: las mesadas de herramientas, las cajas de archivos viejos, artefactos rotos, y la valija, sola y de pie en medio del garaje.

–Muéstreme, Benavides.

Benavides se acerca a la valija y la rodea a paso lento. La mueve con la intención de acostarla, tiene la esperanza de encontrar el liviano peso de los equipajes vacíos. Entonces todo sería una equivocación, como el mismo Corrales le había explicado anoche, cuando él había llegado, como Corrales asegura, borracho. «Disculpe, Corrales, le juro que esto no vuelve a pasar», deberá decir en caso de que eso suceda. O quizá, al abrir la valija y encontrarla vacía, descubra la mirada cómplice de Corrales, quizá Corrales diga: «Ya está, Benavides, no me debe nada». Pero al tomar la manija, el peso de una mujer como la suya le recuerda que las acciones tienen consecuencias. Su rostro empalidece, se siente débil. Con un golpe seco la valija cae sobre uno de sus lados y mancha el piso de un líquido oscuro y espeso.

–¿Se siente bien, Benavides?

Benavides no puede pensar en otra cosa que el cuerpo enroscado. La valija despide un olor putrefacto.

–¿Qué trae, Benavides?

Entonces Benavides descubre el error: confiar en el doctor Corrales, la esperanza en el médico. Como si un hombre dedicado a la salud de la vida pudiera lidiar con la muerte. Dice:

–Nada.

–¿Cómo que nada?

–Quiero decir, no se preocupe. Atienda a sus pacientes, yo me arreglo.

–¿Usted me está cargando?

Corrales se acerca. Benavides se agacha y sostiene las trabas para que Corrales no pueda abrirlas, pero el médico se agacha junto a él y dice:

—Déjeme, a ver, córrase —y con un simple empujón Benavides cae al piso. Corrales fuerza las trabas pero no logra abrirlas: exigidas por una masa superior a la capacidad del equipaje, se muestran duras y resistentes.

–Ayúdeme –ordena Corrales.

–No, mire…

–Le digo que me ayude, Benavides, déjese de huevadas –dice Corrales indicándole que se siente sobre la valija.

En la superficie de cuero irregular Benavides elige el sitio más propicio y así, con el peso de su cuerpo sobre el de su mujer y la fuerza ejercida por las manos de Corrales, logran al fin liberar las trabas.

Benavides se incorpora y se aleja de la valija que, aunque destrabada, todavía no ha sido abierta. No quiere ver. Acelerados latidos comprimen su corazón. Corrales estudia la escena. Ya sabe, piensa Benavides al ver que Corrales se incorpora y camina hacia él. Corrales se detiene y desde allí mira la valija. En voz baja, casi hipnotizado, le ordena a Benavides:

–Ábrala.

Benavides permanece en su sitio. Quizá piense que este es el final, o quizá no piense en nada, pero al fin obedece y camina hasta la valija. Al abrirla olvida por un momento a Corrales: su mujer doblada como un feto, la cabeza torcida hacia dentro, las rodillas y los codos encastrados con esfuerzo dentro de la rígida estructura forrada en cuero, y la grasa que ocupa todos los espacios vacíos. Qué cosa la nostalgia, se dice Benavides, tantos años para verla así.

Hilos de sangre se abren hacia él, sobre el piso. La voz de Corrales lo devuelve a la realidad.

–Benavides... –Y en la voz quebrada se vislumbra la angustia del médico–. Benavides... –Corrales, a paso lento, se acerca a la valija sin dejar de mirar su contenido. Los ojos llenos de lágrimas vuelven al fin su mirada a Benavides–. Benavides... Esto es fuerte. Es... Es... maravilloso –concluye.

En la duda, Benavides permanece en silencio. Vuelve a mirar el contenido de su valija, pero lo que encuentra allí es lo que hay: su mujer, morada.

–Maravilloso –repite Corrales, negando. Mirando un momento la valija, otro a Benavides, como si no alcanzara a creer que Benavides pudiera hacer algo semejante por sí mismo–. Es usted un genio, pensar que yo lo menospreciaba, Benavides. Un genio. A ver. Déjeme despabilarme, no es poco lo que usted plantea con esto... –Descansa su brazo sobre la espalda de Benavides, con amigable entusiasmo–. Le invito una copa. Aunque no lo crea, conozco a la persona que usted necesita.

Corrales suelta a Benavides y se dirige hacia la salida. «Un genio, realmente hermoso», repite en voz baja cuando se aleja. Benavides tarda en reaccionar, pero en cuanto entiende que quedará allí solo, contempla por última vez su valija y corre tras los pasos del médico.

Aceitunas, trocitos de queso y de salame, papas saladas, cebolla y jamón. Todo prolijamente dispuesto sobre la mesa ratona del living principal, junto a tres finas copas de cristal en las cuales Corrales sirve vino blanco.

–Donorio, este es mi amigo Benavides, el hombre del que tanto le estuve hablando.

Donorio estudia con curiosidad el cuerpo pequeño de Benavides.

–Donorio, usted no tiene idea de lo que está por ver –dice Corrales–. No quiero ser arrogante, sé que usted tiene experiencia, pero no creo que se imagine lo que le tenemos preparado, ¿no es cierto, Benavides?

Benavides acaba su vino de un trago.

–Quiero verlo –dice Donorio.

En la noche, cruzan de la casa al garaje. Delante va Corrales, que disfruta a paso lento el camino al éxito, lo sigue Donorio, desconfiado pero curioso. Detrás, retrasado, presintiendo la proximidad de la valija, los frágiles nervios de Benavides se aglomeran en grandes y fibrosos nudos.

Corrales hace pasar a los hombres a oscuras, puesto que prefiere el impacto de la imagen repentina cuando encienda la luz.

–Benavides, guíe a Donorio hasta donde usted sabe y avise cuando esté listo.

Benavides se detiene en el centro del garaje. A tientas en la oscuridad, guiado por los ruidos, Donorio comenta:

–Hay un olor extraño… Como a…

–Ahí va la luz –dice Corrales y, en efecto, con la punta de los zapatos de Benavides y Donorio casi tocando el charco de sangre espesa, aparece frente a ellos, horrorosa, desafiante, auténticamente innovadora, la obra.

Qué es la violencia si no es esto mismo que presenciamos ahora, piensa Donorio, y un escalofrío trepa de sus piernas a la nuca, la violencia reproducida frente a sus ojos, la violencia en su estado más primitivo. Salvaje. Puede olerse, tocarse. Fresca e intacta a la espera de una respuesta de sus espectadores.

Corrales se acerca.

–Esto va a gustar –dice Donorio.

Corrales asiente. Junto a ellos, el cuerpo de Benavides tiembla. Su voz débil habla por primera vez en presencia de Donorio.

–No entienden –alcanza a decir.

–¡Qué dice, Benavides! –dice Corrales.

–¡Es extraordinaria! –dice Donorio–. ¡Horror y belleza!, qué combinación…

–Horror sí, pero… –balbucea Benavides mirando a su mujer–. Me refiero a que…

–¡Va a hacerse rico, famoso! Frente a obras como esta la competencia es nula, el público caerá a sus pies.

–Usted confíe, Benavides, en este tema Donorio es el mejor.

–El mejor es Benavides –concluye Donorio–; yo soy solo un curador, mi aporte es mínimo. Acá lo importante es la obra, «La violencia», ¿entiende?

–Mi mujer.

–No, Benavides, créame que yo sé de marketing y eso no funciona, el título es «La violencia».

Una angustia nueva, incontenible. Y Benavides confiesa:

–Yo la maté. Yo la maté… Después solo quería esconderla.

Corrales da unas palmadas cariñosas en la espalda de Benavides pero su atención se dirige pura y exclusivamente a las instrucciones de Donorio.

–Va a ser mejor conservarla en ambiente frío. ¿Tiene aire acondicionado acá?

–Sí, sí, por supuesto.

–¡Yo la maté! –Benavides cae de rodillas al piso.

–Bien, entonces empecemos por refrigerar el lugar; yo tengo que hacer un par de llamados. –Donorio da unos pasos hacia la salida pero pronto se detiene y con sinceridad se vuelve hacia Corrales, el llanto de Benavides lo obliga a levantar la voz–. Le agradezco que haya pensado en mí: es una gran oportunidad.

–Yo, yo la maté, así… –Benavides golpea el piso con los puños cerrados–. Así la maté.

–Donorio, pida el teléfono y arregle lo que tenga que arreglar –dice Corrales.

–Así la maté, así. –Arrastrándose por el piso sin dirección precisa, golpeando contra el piso los objetos que va encontrando–. ¡Así!, ¡así!

–No se entretenga, Corrales –dice Donorio ya en la puerta–. Ya habrá tiempo para la contemplación y el regocijo.

–Comprendo perfectamente, vaya tranquilo que ya lo alcanzamos.

Donorio asiente y sale al jardín. Cuando Corrales regresa Benavides se encuentra golpeando, ya con desgano, el cuerpo de su mujer.

–Yo, fui. Yo –musita Benavides.

Corrales lo detiene.

–¡Déjela, Benavides! Así está perfecta, ya no insista.

–Es que yo la maté...

–Sí, Benavides, sí. Todos sabemos que fue usted, nadie le va a quitar la autoría –ayuda a Benavides a incorporarse–, confíenos este tema, va a ver como se nos va al estrellato.

–¿Al cielo? –pregunta Benavides–. ¿Con mi mujer?

Siente que algo falla dentro de su cabeza, algo que no alcanza a entender, y su cuerpo cae, se desploma junto a la valija.

En la luz de un nuevo día, Benavides abre los ojos y despierta. Por un momento cree encontrarse en su cama, junto a su esposa, en una infeliz mañana cualquiera. Pero pronto recuerda y se incorpora. ¿Dónde está ahora su mujer? ¿En el garaje? ¿Todavía en la valija? ¿Se la habrá llevado Donorio? ¿Corrales? Sale de la habitación. Hace dos días que lleva la misma ropa y en la fuerte luz del pasillo comprueba que parte de su ropa comienza a adquirir tonalidades grisáceas. Estima haber dormido una cantidad prudente de horas, pero no ha logrado descansar. Se siente agotado y entiende que otra vez deberá recorrer las habitaciones en busca del doctor Corrales. Pasado un tiempo, tras haber revisado el consultorio, los ambientes del primer piso, el hall de entrada, el living, los pasillos que rodean los jardines de invierno, Benavides, de modo fortuito como el día anterior, encuentra la cocina y pregunta a las mujeres:

–¿Corrales?

Ellas contestan negativamente.

Esta vez Benavides no irá a buscarlo. Hay hombres que aguardan impávidos indicaciones ajenas. Pero él resolverá esto solo, y de una vez. Pedirá un taxi y volverá a casa con su mujer. Ya sale de la casa y cruza el jardín. A mitad de camino se detiene: frente al garaje, de puertas abiertas, se despliegan activos una docena de hombres vestidos de azul. En sus espaldas, una publicidad reluce impresa sobre un rectángulo blanco: «Museo de Arte Moderno. Instalaciones y traslados». Ante Benavides el garaje es vaciado por completo, es decir, se retira de allí todo mueble, artículo u objeto que en algún momento formó parte de un garaje hogareño, para dejar ahora, en un espacio más grande y limpio, sola, única, original, la obra.

Y allí están Corrales y Donorio, atentos, cordiales, abiertos a los sentimientos del artista.

–¿Cómo durmió, Benavides?

Benavides dice:

–Esa es mi mujer.

Corrales mira a Donorio. En su voz, la lenta tonada de la desilusión progresiva:

–Le dije, Donorio, las exposiciones locales no son las preferidas de los artistas; tendríamos que haber llevado la obra al museo.

–Mi mujer.

–Trabajo en esto desde hace años, Corrales, créame el público lo prefiere así.

–Pero es mi mujer.

–Pero Benavides, usted no es un artista de pueblo. Su obra apunta a un público seleccionado, intelectuales, mentes que desprecian incluso las novedades de museo, hombres que admiran lo otro, el mas allá de la simpleza de una obra, es decir…

Donorio abre un gesto hacia el garaje, Benavides y Corrales esperan la conclusión:

–...el contexto.

–Hermoso, preciso... Qué absurdo poner en duda su táctica –dice Corrales.

–Es mi mujer.

–Sí, Benavides. Pero entienda esto: el tema no es «la mujer», es «la violencia»... No volvamos atrás, le pido. Lo pactado, pactado –suspira–. Ahora, el contexto, decía, de todos modos vamos a agregar algunos elementos. Salirnos del museo es una opción novedosa, pero hay que mantener el nivel, el ambiente.

–Claro... –dice Corrales.

Benavides repite una vez más lo que ya ha dicho cuatro veces. Aparta a los hombres y va hacia la valija. Con una seña, Donorio alerta a los hombres de azul. Benavides corre. Alguien grita: «¡Que no la toque!», y todos dejan lo que hacían para ir tras Benavides, que apenas alcanza a tocar la manija cuando una docena de cuerpos azules se abalanzan sobre él. Qué desgracia su desgracia, en la oscuridad del peso de otros hombres concluye que la muerte ha de semejarse a situaciones como esta. De lejos, llega la voz de Donorio: instrucciones precisas a ejecutar sobre su persona, y ese es el fin de aquel corto tercer día.

Despierta Benavides en la luz de un nuevo día, pero lejos de su cama y de su mujer, y esta vez descalzo, sin siquiera cuidar su cuerpo del frío, se incorpora, sale de la habitación, recorre el pasillo, baja la escalera que lo conduce al hall, sale de la casa, atraviesa el jardín y llega al garaje. Los hombres de azul ya no están, en el techo han colocado potentes luces dicroicas, y ahí, en el centro, la valija abierta enmarca el cuerpo enroscado de su abandonada mujer. El golpe es fuerte, quizá en la nuca, y así acaba el cuarto día.

Despierta Benavides en la noche del cuarto día y sin dudarlo calza sus pies en los zapatos y sale de la habitación. La luz de la noche entra por las ventanas de los pasillos para guiarlo en el tenebroso recorrido. ¿Qué lleva a un hombre como él a escapar de la casa de su médico a esas horas de la noche? ¿Puede un profesional como Corrales, seguramente bajo órdenes estrictas de Donorio, negarle ver a su esposa? ¿Acaso las restricciones son parte de un tratamiento de suma rigurosidad, una estrategia para curarlo de una enfermedad que, seguramente venérea, lo lleva incluso a alucinar extraños asesinatos o a dudar de su propio médico? Mientras con suma precaución baja las escaleras principales, Benavides se pregunta si querrán de su mujer algo en especial, si por alguna razón habrán visto en ella cosas que no encuentran en otras mujeres. Los buenos recuerdos lo asaltan a medio recorrido, le llegan como una ola de celos y deseos, puesto que al fin su mujer es su mujer y la de ningún otro. En la oscuridad le cuesta encontrar la salida al jardín, donde los carteles intermitentes del garaje iluminan por segundos los alrededores. Pronto llegará al garaje, sacará de allí a su mujer, y regresará a casa en taxi, piensa Benavides, antes de descubrir la brevedad de su gloria. Es decir, antes de recibir, por segunda vez, pero un poco más a la izquierda, el segundo golpe de ese día.

–El hombre está mal, Corrales.

–Es la presión, el éxito no se asimila fácil en los cuerpos pequeños, hay que darle tiempo.

–Pero mañana inauguramos.

–¿Y es necesario, Donorio? ¿Es necesario exponerlo así?

–Sin el artista el acto inaugural pierde sentido. Lo que nos devuelve al tema del contexto. ¿Se acuerda, Corrales?

–Sí, claro.

–Si el público se reconoce en el artista el efecto de la obra se potencia. Haga usted mismo la prueba, piense qué hubiera pasado si la noche del domingo, en lugar de Benavides, la obra se la hubiera traído un atlético físico culturista de pelo largo y zapatos a la moda…

–No, no, claro. Tampoco me tome por estúpido, la diferencia es… abismal.

–Violenta, Corrales, como la obra.

Desde la cama, al abrir los ojos, Benavides encuentra a los dos hombres sentados en los sillones de la habitación.

–¿Cómo se siente, Benavides?

Benavides cierra los ojos.

–Parece que ha recobrado la conciencia…

Benavides abre los ojos. En el ínterin Corrales se ha incorporado para sostenerle los párpados y estudiar su ojo izquierdo.

–Quizá pierda la memoria de a ratos –comenta Corrales al dirigir el potente haz de luz de una pequeña linterna hacia el centro de una pupila inquieta.

–¿Se siente bien, Benavides?

Benavides grita:

–¡Yo mismo por mi cuenta y solo maté a mi mujer! –Y sin apartar la vista de los hombres se aferra a las sábanas transpiradas.

Corrales ensaya un gesto admonitorio. En los pensamientos de ambos hay dudas dispersas y algo que podría ser definido como un principio de desilusión.

La instalación terminada inspira a los medios a anunciar la inauguración. La gente formula expectativas, reclama entradas anticipadas. El aire se contamina del murmullo ansioso del público y llega a las ventanas de la habitación de Benavides que, por quinta vez en esa casa, despierta. ¿Qué hace un hombre como él en esa habitación, tan lejos de su hogar y de su mujer? ¿Puede un médico como Corrales entrar a la habitación con un traje de noche doblado sobre el brazo derecho y un juego de ropa interior limpia en la mano izquierda, y decir «Los soquetes le van a ir holgados, pero el traje es justo para un hombre como usted»? Corrales se sienta a los pies de la cama, da unas palmadas en las piernas del paciente, quizá en nombre de un cariño que se ha formado hace tiempo pero del que Benavides no tiene memoria, y al fin sonríe y enuncia frases como «Qué buen aspecto tiene usted hoy, Benavides» o «Cómo lo envidio, Benavides, un artista como usted, en un día como hoy, con el público ansioso y el periodismo enardecido» o «No esté nervioso, todo parece indicar que la inauguración será un éxito». Pero Benavides no es feliz: personal nocturno, quizá el mismo Donorio, controla la entrada del garaje donde su esposa aguarda. Zona inaccesible para un cuerpo tan propenso a ser golpeado como el suyo, permanece iluminada, incluso en la penumbra de la noche, con dos potentes faros a cada lado del portón, y, sobre ellos, los carteles luminosos que dan crédito del secuestro. Tanto es así que no puede Benavides distinguir la maldad de la bondad, evaluar con certeza las actitudes de su médico. Lo ve estirar los soquetes para comprobar el talle y se hunde en un repentino malestar.

Horas más tarde médico y paciente estudian frente al espejo sus cuerpos trajeados.

–¿Vio que era su talle, Benavides?

Benavides permanece inmóvil mientras Corrales le ajusta la corbata.

–Perfecto –señala en el espejo sus cuerpos–, va a ver cómo se ponen las chicas del público cuando lo vean así.

Tras respetuosos golpes a la puerta se escucha la voz de una de las mujeres:

–El señor Donorio manda a decir que ya está todo listo, pero que si el artista necesita, él espera.

–De ninguna manera, avise que ya bajamos.

La sala es grande, pero pequeña en relación a la multitud que ha concurrido. Una gran cantidad de gente ha quedado fuera y aguarda en el jardín delantero, espiando por las ventanas del salón o en fila tras el portón custodiado por los hombres de azul. Dentro, con la obra aún oculta tras la cortina de terciopelo rojo, el fervor del público se acrecienta.

Donorio toma el micrófono.

–Señoras, señores…

El público atiende al orador.

–Hoy es un día muy especial, para mí, para ustedes…

En la multitud los comentarios escapan tímidos y se pierden en la espesura de un silencio que crece.

–Querido público… En las moléculas menos esperadas de esta nuestra sociedad surgen, majestuosos, los verdaderos artistas… Quiero presentarles a un soñador, a un amigo, pero por sobre todo lo demás, a un artista a quien el mundo no podrá darle la espalda… Benavides, por favor…

En medio de los aplausos, empujado por Corrales, Benavides se abre paso hacia el gesto de bienvenida de Donorio. Sube a la tarima y descubre al público, y el público descubre en él los cándidos rasgos de la creación pura y sincera. Una enérgica ovación crece. Y se calma, o se pausa apenas, cuando Donorio retoma el micrófono. El monólogo continúa, pero el público no abandona la visión del artista, que estudia el techo y las paredes. Cien ojos siguen expectantes el recorrido creativo del artista, ajeno a las miradas y los elogios.

–…algo queda del pasado en la memoria colectiva, en las brillantes mentes de nuestros artistas. El horror, el odio, la muerte, laten con fuerza en sus pensamientos hostigados…

El artista descubre a un lado del escenario la gran cortina de terciopelo rojo tras la cual, se supone, aguarda la obra. Pero ¿qué es lo que inquieta al artista de tal forma? ¿Por qué en su rostro sencillo, genial, se dibujan de pronto los pálidos rasgos del espanto?

–Señores, señoras, lo que están por ver escapa a los sentimientos superfluos del arte común. Esta obra, la obra, es la respuesta. Benavides, lo escuchamos –dice Donorio, y al fin se aleja del micrófono para ceder lugar al artista.

El público espera. Un hombre de azul corre hasta el trípode y baja el micrófono a la altura de Benavides. Benavides mira el micrófono como quien estudia el grosor de una condena. Da tres pasos cortos al frente. Parece que va a hablar.

Donorio busca la mirada cómplice de Corrales, que permanece atento al artista, orgulloso, como frente a un hijo que finalmente ha crecido. Benavides se vuelve hacia la cortina, y después otra vez hacia el público. Hay un silencio excitante. Entonces Benavides toma el micrófono y dice:

–Yo la maté.

Demoran en recibir el mensaje. Cuando procesan las palabras y entienden sus significados, comienzan a aplaudir, despacio, conmovidos. La euforia se desata. «Dice que él la mató», comentan entre sí. «Esto sí que es fuerte.» «Es pura poesía.» grita alguien desde atrás. Caen también las primeras lágrimas de la noche. Desde un costado del escenario, Corrales asiente al murmullo general. Donorio hace a un lado al artista y retoma su puesto. Dos hombres de azul suben al escenario y se colocan a cada lado del telón rojo.

Donorio dice:

–Señores... La obra.

Y como el sol nos trae la luz, o como el artista descubre las verdades más humanas, la cortina que antes cubría la creación ahora, lenta ante la ansiedad colectiva, cae. Ahí está la obra: violenta, real, carnalmente viva. Donorio pierde la atención del público pero aún así la nombra. Dice el título saboreando cada letra.

–«La violencia».

Y el nombre llega: baja hacia la masa, y la masa estalla.

La euforia es incontenible. Empujan, intentan subir al escenario. Una docena de hombres de azul forman una barrera que impide el avance. Pero el público quiere ver y la barrera cede. Excitación. Conmoción. Algo emana de esa obra que los vuelve locos. La imagen soberana del cuerpo morado. La muerte a pocos metros. Carne humana, piel humana. Muslos gigantes. Enroscados en una valija. Embutidos en cuero. Y el olor. El artista está todavía muy cerca de la valija. Demasiado expuesto. Su rostro único se distingue entre la mesa, que lo descubre. Hay un momento de sorpresa. Cuando entienden quién es él lo alzan y lo pasan de mano en mano. Corrales grita: «¡El artista!», y algunos hombres de azul abandonan la barrera humana para rescatar a Benavides. El público, tras oír los gritos de Corrales, suelta a Benavides, y Benavides se pierde entre la gente como una perla en el agua turbia. Tras la quietud de la vida matrimonial esta experiencia inédita lo excita. Escondido entre la multitud, y de esa forma oculto hasta de la multitud misma, se pierde entre los cuerpos eufóricos hacia el núcleo del disturbio. Hay gritos, empujones, gente que pelea por la mejor perspectiva de un punto nada claro. Entonces Benavides siente crecer un abismo. Se abre ante él y lo separa del resto de la humanidad. Corrales lo ve todo, porque intuye sus pensamientos. Apuesta sobre su futuro. Desea, en el hombre pequeño, una suerte de descubrimiento: el placer ancestral de saberse creador, la ansiedad contenida. Desea ver las manos de Benavides apretar en el aire el material ausente, buscar qué amasar, presentir el tiempo escaso y la tarea colosal, olvidar la ociosa latencia del hombre común. Ver, ante sus ojos, cándidamente expectante, la materia: decenas de cuerpos que laten y esperan, la masa primaria a ser hendida, enroscada, forzada, hasta alcanzar, majestuosa, bajo la mano entendida de una práctica superior, las medidas precisas de la valija de cuero.

Pero aunque nada de esto sucede, Corrales no se siente frustrado. Su estrecha relación con los procesos humanos lo llena de fe. Donorio le sonríe. Por la puerta principal se retira un Benavides finalmente sujetado por la custodia y todos reciben con creciente entusiasmo sonrientes mucamas con champaña. La inauguración ha sido un éxito.

PERDIENDO VELOCIDAD

Tego se hizo unos huevos revueltos, pero cuando finalmente se sentó a la mesa y miró el plato, descubrió que era incapaz de comérselos.

–¿Qué pasa? –le pregunté.

Tardó en sacar la vista de los huevos.

–Estoy preocupado –dijo–, creo que estoy perdiendo velocidad.

Movió el brazo a un lado y al otro, de una forma lenta y exasperante, supongo que a propósito, y se quedó mirándome, como esperando mi veredicto.

–No tengo la menor idea de qué estás diciendo –dije–, todavía estoy demasiado dormido.

–¿No viste lo que tardo en atender el teléfono? En ir hasta la puerta, en tomar un vaso de agua, en cepillarme los dientes... Es un calvario.

Hubo un tiempo en que Tego volaba a cuarenta kilómetros por hora. El circo era el cielo; yo arrastraba el cañón hasta el centro de la pista. Las luces ocultaban al público, pero escuchábamos el clamor. Las cortinas aterciopeladas se abrían y Tego aparecía con su casco plateado. Levantaba los brazos para recibir los aplausos. Su traje rojo brillaba sobre la arena. Yo me encargaba de la pólvora mientras él trepaba y metía su cuerpo delgado en el cañón. Los tambores de la orquesta pedían silencio y todo quedaba en mis manos. Lo único que se escuchaba entonces eran los paquetes de pochoclo y alguna tos nerviosa. Sacaba de mi bolsillo los fósforos, que llevaba en una caja de plata que todavía conservo. Una caja pequeña pero tan brillante que podía verse desde el último escalón de las gradas. La abría, sacaba un fósforo y lo apoyaba en la lija de la base de la caja. En ese momento todas las miradas estaban en mí. Con un movimiento rápido surgía el fuego. Encendía la mecha. El sonido de las chispas se expandía hacia todos lados. Yo daba algunos pasos actorales hacia atrás, dando a entender que algo terrible pasaría –el público atento a la mecha que se consumía–, y de pronto: Bum. Y Tego, una flecha roja y brillante, salía disparado a toda velocidad.

Tego hizo a un lado los huevos y se levantó con esfuerzo de la silla. Estaba gordo, y estaba viejo. Respiraba con un ronquido pesado, porque la columna le apretaba no sé qué cosa de los pulmones, y se movía por la cocina usando las sillas y la mesada para ayudarse, parando a cada rato para descansar, o para pensar. A veces simplemente suspiraba y seguía. Caminó en silencio hasta el umbral de la cocina y se detuvo.

–Yo sí creo que estoy perdiendo velocidad –dijo.

Miró los huevos.

–Creo que estoy por morirme.

Arrimé el plato a mi lado de la mesa, nomás para hacerlo rabiar.

–Eso pasa cuando uno deja de hacer bien lo que uno mejor sabe hacer –dijo–. Eso estuve pensando, que uno se muere.

Probé los huevos pero ya estaban fríos. Fue la última conversación que tuvimos, después de eso dio tres pasos torpes hacia el living y cayó muerto en el piso.

Una periodista de un diario local viene a entrevistarme unos días después. Le firmo una fotografía para la nota, en la que estamos con Tego junto al cañón, él con el casco y su traje rojo, yo de azul, con la caja de fósforos en la mano. La chica queda encantada. Quiere saber más sobre Tego, me pregunta si hay algo especial que yo quiera decir sobre su muerte. Ya no tengo ganas de seguir hablando de eso y no se me ocurre nada. Como no se va, le ofrezco algo de tomar.

–¿Café? –pregunto.

–¡Claro! –dice ella.

Parece estar dispuesta a escucharme una eternidad. Pero raspo un fósforo contra mi caja de plata, para encender el fuego, varias veces, y nada sucede.

EN LA ESTEPA

No es fácil la vida en la estepa, cualquier sitio se encuentra a horas de distancia, y no hay otra cosa más para ver que esta gran mata de arbustos secos. Nuestra casa está a varios kilómetros del pueblo, pero está bien: es cómoda y tiene todo lo que necesitamos. Pol va al pueblo tres veces por semana, envía a las revistas de agro sus notas sobre insectos e insecticidas y hace las compras siguiendo las listas que preparo. En esas horas en las que él no está, llevo adelante una serie de actividades que prefiero hacer sola. Creo que a Pol no le gustaría saber sobre eso, pero cuando uno está desesperado, cuando se ha llegado al límite, como nosotros, entonces las soluciones más simples, las velas, los inciensos y cualquier consejo de revista parecen opciones razonables.

Hay muchas recetas para la fertilidad, y no todas son confiables, así que apuesto a las más verosímiles y sigo rigurosamente sus métodos. Anoto en el cuaderno cualquier detalle pertinente, pequeños cambios en Pol o en mí.

Oscurece tarde en la estepa, lo que no nos deja demasiado tiempo. Hay que tener todo preparado: las linternas, las redes. Pol limpia las cosas mientras espera a que se haga la hora. Eso de sacarles el polvo para ensuciarlas un segundo después le da cierta ritualidad al asunto, como si antes de empezar uno ya estuviera pensando en la forma de hacerlo cada vez mejor, revisando atentamente los últimos días para encontrar cualquier detalle que pueda corregirse, que nos lleve a ellos, o al menos a uno: el nuestro.

Cuando estamos listos Pol me pasa la campera y la bufanda, yo lo ayudo a ponerse los guantes y cada uno se cuelga su mochila al hombro. Salimos por la puerta trasera y caminamos campo adentro. Aunque la noche es fría, el viento se calma. Pol va adelante, ilumina el suelo con la linterna. Más adentro el campo se hunde un poco en largas lomas; avanzamos hacia ellas. En esa zona los arbustos son pequeños, apenas alcanzan a ocultar nuestros cuerpos, y Pol cree que esa es una de las razones por las que el plan fracasa cada noche. Insistimos porque van varias veces que nos pareció ver algunos, al amanecer, cuando ya estamos cansados. Para esas horas yo casi siempre me escondo detrás de algún arbusto, aferrada a mi red, y cabeceo y sueño con cosas que me parecen fértiles. Pol en cambio se convierte en una especie de animal de caza. Lo veo alejarse, agazapado entre las plantas. Puede permanecer de cuclillas, inmóvil, durante mucho tiempo.

Siempre me pregunté cómo serán realmente. Algunas veces conversamos sobre esto. Creo que son iguales a los de la ciudad, solo que más rústicos, más salvajes. Para Pol, en cambio, son definitivamente diferentes. Él también está entusiasmado, y no pasa una noche en la que ni el frío ni el cansancio lo persuadan de dejar la búsqueda para el día siguiente. Pero cuando estamos entre los arbustos se mueve con cierto recelo, como si de un momento a otro algún animal salvaje pudiera atacarlo.

Ahora estoy sola, mirando la ruta desde la cocina. Esta mañana nos levantamos tarde y almorzamos. Después Pol fue al pueblo con la lista de las compras y los artículos para la revista. Pero es tarde, hace tiempo que debió de haber vuelto, y todavía no aparece. Entonces veo la camioneta. Llegando a la casa me hace señas por la ventanilla para que salga. Lo ayudo con las cosas, él me saluda y dice:

–No lo vas a creer.

–¿Qué?

Pol sonríe. Cargamos las bolsas hasta la entrada y nos sentamos en los sillones.

–Bueno –dice Pol; se frota las manos–, conocí a una pareja, son geniales.

–¿Dónde?

Pregunto solo para que siga hablando y entonces dice algo maravilloso, algo que nunca se me hubiera ocurrido y sin embargo entiendo que lo cambiará todo.

–Vinieron por lo mismo –dice. Le brillan los ojos y sabe que estoy desesperada por que continúe–, y tienen uno, desde hará un mes.

–¿Tienen uno? ¡Tienen uno!, no lo puedo creer…

Pol no deja de asentir y frotarse las manos.

–Estamos invitados a cenar. Hoy mismo.

Me alegra verlo feliz y yo también estoy tan feliz que es como si nosotros también lo hubiéramos logrado. Nos abrazamos y nos besamos, y enseguida empezamos a prepararnos.

Cocino un postre y Pol elige un vino y sus mejores puros. Mientras nos bañamos y nos vestimos me cuenta todo lo que sabe. Arnol y Nabel viven a unos veinte kilómetros de acá, en una casa muy parecida a la nuestra. Pol la vio porque regresaron juntos, en caravana, hasta que Arnol tocó la bocina para avisar que doblaban y Nabel le señaló la casa. Son geniales, dice Pol a cada rato, y yo siento cierta envidia de que ya sepa tanto sobre ellos.

–¿Y cómo es? ¿Lo viste?

–Lo dejan en la casa.

–¿Cómo que lo dejan en la casa? ¿Solo?

Pol levanta los hombros. Me extraña que el asunto no le llame la atención, pero le pido más detalles mientras sigo adelante con los preparativos.

Cerramos la casa como si no fuéramos a volver durante un tiempo. Nos abrigamos y salimos. Durante el viaje llevo el pastel de manzana sobre la falda, cuidando que no se incline, y pienso en las cosas que voy a decir, en todo lo que quiero preguntarle a Nabel. Si Pol invita a Arnol con un puro podrían dejarnos solas, y yo tendría la oportunidad de hablar con ella sobre cosas más privadas. Quizá Nabel también haya usado velas y soñado con cosas fértiles a cada rato y ahora que lo consiguieron puedan decirnos exactamente qué hacer.

Al llegar tocamos bocina y enseguida salen a recibirnos. Arnol es un tipo grandote y lleva jeans y una camisa roja a cuadros; saluda a Pol con un fuerte abrazo, como un viejo amigo al que no ve hace tiempo. Nabel se asoma tras Arnol y me sonríe. Creo que vamos a llevarnos bien. También es grandota, a la medida de Arnol pero delgada, y vestida al mismo estilo; me incomoda haber venido más elegante. Por dentro la casa me recuerda a una vieja hostería de montaña. Paredes y techo de madera, una gran chimenea en el living y pieles sobre el piso y los sillones. Está bien iluminada y calefaccionada. Realmente no es el modo en que decoraría mi casa, aunque pienso en que se está bien y le devuelvo a Nabel su sonrisa. Hay un exquisito olor a salsa y carne asada. Parece que Arnol es el cocinero, se mueve por la cocina acomodando algunas fuentes sucias y le dice a Nabel que nos invite al living. Nos sentamos en el sillón. Ella sirve vino, trae una bandeja con una picada y enseguida Arnol se suma. Quiero preguntar cosas: cómo lo agarraron, cómo es, cómo se llama, si come bien, si ya lo vio un médico, si es tan bonito como los de la ciudad. Pero la conversación se alarga en puntos tontos. Arnol consulta a Pol sobre los insecticidas, Pol se interesa en los negocios de Arnol, después hablan de las camionetas, los sitios donde hacen las compras, descubren que discutieron con el mismo hombre, uno que atiende en la estación de servicio, y coinciden en que es un pésimo tipo. Después Arnol se disculpa porque debe revisar la comida, Pol se ofrece a ayudarlo y se alejan. Me acomodo en el sillón frente a Nabel. Sé que debo decir algo amable antes de preguntar lo que quiero. La felicito por la casa, y enseguida pregunto:

–¿Es lindo?

Ella se sonroja y sonríe. Me mira como avergonzada y yo siento un nudo en el estómago y me muero de la felicidad y pienso: «Lo tienen, lo tienen y es hermoso».

–Quiero verlo –digo.

«Quiero verlo ya», pienso, y me incorporo. Miro hacia el pasillo esperando a que Nabel diga «Por acá», al fin voy a poder verlo, alzarlo.

Entonces Arnol regresa con la comida y nos invita a la mesa.

–¿Es que duerme todo el día? –pregunto, y me río, como si fuera un chiste.

–Ana está ansiosa por conocerlo –dice Pol, y me acaricia el pelo.

Arnol se ríe, en vez de contestar ubica la fuente en la mesa y pregunta a quién le gusta la carne roja y a quién más cocida, y enseguida estamos comiendo de nuevo. En la cena Nabel es más comunicativa. Mientras ellos conversan nosotras descubrimos que tenemos vidas similares. Nabel me pide consejos sobre las plantas y así yo me animo y hablo sobre las recetas para la fertilidad. Lo traigo a cuenta como algo gracioso, una ocurrencia, pero Nabel enseguida se interesa y descubro que ella también practicó algunas.

–¿Y las salidas? ¿Las cacerías nocturnas? –digo riéndome–. ¿Los guantes, las mochilas?

Nabel se queda un segundo en silencio, sorprendida, y después se echa a reír conmigo.

–¡Y las linternas –dice ella y se agarra la panza–, con esas pilas que no duran nada!

Y yo, casi llorando:

–¡Y las redes! ¡La red de Pol!

–¡Y la de Arnol! –dice ella–. ¡No puedo explicarte!

Ellos dejan de hablar: Arnol mira a Nabel, parece sorprendido. Ella no se ha dado cuenta todavía: se dobla en un ataque de risa, golpea la mesa dos veces con la palma de la mano; trata de decir algo más pero apenas puede respirar. La miro divertida, lo miro a Pol, quiero comprobar que también la está pasando bien, y entonces Nabel toma aire y llorando de risa dice:

–Y la escopeta –vuelve a golpear la mesa–, ¡por Dios, Arnol! ¡Si solo dejaras de disparar! Lo hubiéramos encontrado mucho más rápido…

Arnol mira a Nabel, de pronto parece furioso y larga una risa falsa, exagerada. Pol ya no se ríe. Arnol levanta los hombros resignado, buscando en Pol algo de complicidad. Después hace el gesto de apuntar con una escopeta y dispara. Nabel lo imita. Lo hacen una vez más apuntándose uno al otro, un poco más calmados, hasta que dejan de reír.

–Ay… Por favor… –dice Arnol y acerca la fuente para ofrecer más carne–, por fin gente con quien compartir toda esta cosa… ¿Alguien quiere más?

–Bueno, ¿y dónde está? Queremos verlo –dice al fin Pol.

–Ya van a verlo –dice Arnol.

–Duerme muchísimo –dice Nabel.

–Todo el día.

–¡Lo vemos dormido! –dice Pol.

–Ah, no, no –dice Arnol–, primero el postre que cocinó Ana, después un buen café, y acá mi Nabel preparó algunos juegos de mesa. ¿Te gustan los juegos de estrategia, Pol?

–Pero nos encantaría verlo dormido.

–No –dice Arnol–. Digo, no tiene ningún sentido verlo así. Para eso pueden verlo cualquier otro día.

Pol me mira un segundo, después dice:

–Bueno, el postre entonces.

Ayudo a Nabel a levantar las cosas. Saco el pastel que Arnol había acomodado en la heladera, lo llevo a la mesa y lo preparo para servir. Mientras, en la cocina, Nabel se ocupa del café.

–¿El baño? –dice Pol.

–Ah, el baño… –dice Arnol y se vuelve hacia la cocina, quizá buscando a Nabel–, es que no funciona bien y…

Pol hace un gesto para restarle importancia al asunto.

–¿Dónde está?

Quizá sin quererlo, Arnol mira hacia el pasillo. Entonces Pol se levanta y empieza a caminar, Arnol también se levanta.

–Te acompaño.

–Está bien, no hace falta –dice Pol ya entrando al pasillo.

Arnol lo sigue algunos pasos.

–A tu derecha –dice–, el baño es el de la derecha.

Sigo a Pol con la mirada hasta que finalmente entra al baño. Arnol se queda unos segundos de espaldas a mí, mira hacia el pasillo.

–Arnol –digo, es la primera vez que lo llamo por su nombre–, ¿te sirvo?

–Claro –dice él, me mira un momento y se da vuelta de nuevo hacia el pasillo.

–Servido –digo, y empujo el primer plato hasta su sitio–, no te preocupes, va a tardar.

Sonrío para él, pero no responde. Regresa a la mesa. Se sienta en su lugar, de espaldas al pasillo. Parece incómodo, al fin corta con el tenedor una porción enorme de su postre y se la lleva a la boca. Lo miro sorprendida y sigo sirviendo. Desde la cocina Nabel pregunta cómo nos gusta el café. Estoy por contestar cuando veo a Pol salir silenciosamente del baño y cruzarse a la otra habitación. Arnol me mira esperando una respuesta. Digo que nos encanta el café, que nos gusta de cualquier forma. Al fondo, la luz del cuarto se enciende. Hay unos segundos de silencio y luego escucho un ruido sordo, como algo pesado sobre una alfombra. Arnol va a volverse hacia el pasillo así que lo llamo:

–Arnol.

Me mira, pero empieza a incorporarse.

Escucho otro ruido, enseguida Pol grita y algo cae al piso, una silla quizá; un mueble pesado que se mueve y después cosas que se rompen. Arnol toma el rifle que está colgado de la pared y corre hacia el pasillo. Me levanto para correr tras él, Pol sale del cuarto de espaldas, sin dejar de mirar hacia adentro. Arnol va directo hacia él y Pol reacciona, lo golpea para quitarle el rifle, lo empuja hacia un lado y corre hacia mí.

Aunque no alcanzo a entender qué pasa dejo que me tome del brazo y salimos. Escucho el chillido de las bisagras de la puerta que va cerrándose lentamente detrás de nosotros, después el golpe que vuelve a abrirla. Nabel grita. Pol sube a la camioneta y la enciende, yo subo por mi lado. Salimos marcha atrás y por unos segundos las luces iluminan a Arnol que corre hacia nosotros.

Ya en la ruta andamos un rato en silencio, tratando de calmarnos. Pol tiene la camisa rota, casi perdió por completo la manga derecha y en el brazo le sangran algunos rasguños profundos. Pronto nos acercamos a nuestra casa a toda velocidad y a toda velocidad nos alejamos. Toco su hombro pensando en detenerlo, pero él respira agitado; las manos tensas aferradas al volante. Mira hacia los lados el campo negro, y hacia atrás por el espejo retrovisor. Deberíamos bajar la velocidad, podríamos matarnos si un animal llegara a cruzarse. Entonces pienso que también podría cruzarse uno de ellos: el nuestro. Pero Pol acelera aún más, como si desde el terror de sus ojos perdidos contara con esa posibilidad.

OLINGIRIS

1

Alcanzaba para seis. Una quedó afuera, en la sala de espera. Dio vueltas por el hall. Tardó en asumir que tendría que aguantarse las ganas hasta el día siguiente, o el siguiente, o hasta que volvieran a llamarla. No era la primera vez que le pasaba. Las que entraron subieron las escaleras blancas hasta el primer piso. Ninguna se conocía particularmente con las otras. Quizá alguna vez se cruzaron, tal vez en ese mismo lugar, pero nada más que eso. Pasaron al cambiador en silencio. Colgaron sus carteras, se quitaron los abrigos. Se lavaron las manos por turnos, y por turnos también se acomodaron el pelo frente al espejo, atado en una cola o con una vincha. Todo con amabilidad y en silencio, agradeciendo con gestos o sonrisas. Han pensado en esto toda la semana. Mientras trabajaban, mientras cuidaban a sus hijos, mientras comían, y ahora están ahí. Ya casi dentro de la sala, ya casi a punto de comenzar.

Una de las asistentas del instituto abre la puerta de la sala y las hace pasar. Dentro todo es blanco. Las paredes, las repisas, las toallas enrolladas como tubos unas sobre otras. La camilla, al centro. Las seis sillas alrededor. También hay un ventilador de techo, girando con suavidad, seis pinzas plateadas alineadas en una toalla, sobre una banqueta, y una mujer recostada en la camilla, boca abajo. Las seis mujeres se acomodan en las sillas, tres de cada lado, ubicándose alrededor de las piernas de la mujer. Esperan mirando el cuerpo, impacientes, sin saber muy bien qué hacer con sus manos, como si frente a una mesa al fin hubieran traído la comida pero todavía no se pudiese empezar. La asistenta las rodea, ayudándoles a acercar las sillas aún más. Después reparte las toallas de mano y entrega, una por una, las seis pinzas. La mujer de la camilla sigue inmóvil, boca abajo. Está desnuda. Una toalla blanca la cubre desde la cintura hasta la media pierna. Tiene la cabeza hundida sobre los brazos cruzados, porque es bueno que no se le vea la cara. Tiene el pelo rubio, el cuerpo delgado. La asistenta enciende el tubo de luz que hay sobre la camilla, a unos dos metros de altura, lo que ilumina aún más la habitación y a la mujer. Cuando el tubo parpadea antes de quedar completamente encendido, la mujer de la camilla mueve apenas los brazos, como reacomodándose, y dos de las mujeres miran con reprobación el movimiento. Cuando la asistenta da la señal de comenzar, las mujeres doblan sus toallas de mano en cuatro, y colocan el pequeño recuadro de tela frente a ellas, sobre la camilla. Después algunas arriman todavía más las sillas, o apoyan los codos, o se acomodan por última vez el pelo. Y empiezan a trabajar. Levantan las pinzas sobre el cuerpo de la mujer, elijen rápidamente un pelo y las bajan abiertas, con decisión. Pinzan, cierran, tiran. El bulbo oscuro sale limpio y perfecto. Lo estudian un segundo antes de dejarlo sobre la toalla, y van por el siguiente. Seis picos de gaviotas arrancando peces del mar. El pelo en la pinza las llena de placer. Algunas hacen el trabajo a la perfección. El pelo entero cuelga de la pinza, huérfano e inútil. Otras luchan un poco con la tarea y hacen más de un intento antes de lograrlo. Pero nada las priva del placer. La asistenta rodea la mesa. Cuida que todas estén cómodas, que a ninguna le falte nada. Cada tanto, un tirón, un pinchazo, provoca un leve temblor en las piernas. Entonces la asistenta se detiene en seco y vuelve su mirada a la mujer de la camilla. Maldice que las reglas del instituto las deje boca abajo, porque con la cabeza oculta no puede reprenderlas con la mirada. Pero tiene su anotador, que saca del bolsillo de su guardapolvo, y registra con eficiencia los excesos. La mujer de turno sobre la camilla escucha el chistido de las sandalias de goma al detenerse en seco. Sabe lo que eso significa. Un punto menos, una cruz, un tilde. Tarde o temprano suman lo suficiente para descontar algo de su sueldo. Las piernas van llenándose de pequeños puntos rosados. Ya casi no tiemblan, porque los tirones adormecen la piel resentida, ahora apenas consciente de un leve ardor.

2

Cuando la mujer de la camilla tenía diez años vivía con su madre cerca del río. Era una zona que a veces se inundaba y las obligaba a mudarse a lo de su tía, que vivía unos metros más arriba, en una casa montada sobre una estructura de madera. Una vez, cuando la mujer de la camilla estaba haciendo su tarea en el comedor de la tía, vio por la ventana que un pescador merodeaba la otra casa, la de su madre. Había llegado en un bote, que ató a unos árboles. Unas botas altas lo protegían del agua, que le llegaba casi hasta las rodillas. Lo vio desaparecer por un lado de la casa, y después volver a aparecer por el otro. El pescador espió por las ventanas, pero en ningún momento golpeó la puerta o los vidrios. Esperó hasta que la puerta de la casa se abrió y su madre, asomándose primero para verificar que nadie lo viera, lo hizo pasar. La mujer de la camilla podía verlos si se mantenían cerca de la ventana. Su madre le ofreció té caliente y se sentaron a la mesa. Después se alejaron de la cocina. Cuando la mujer de la camilla regresó de la otra casa el pescador comía vorazmente su cena mientas entretenía a su madre con anécdotas de su trabajo, y del río. El pescador se ofreció a llevar a la mujer de la camilla de pesca al día siguiente. Como era época de inundaciones y no había colegio, a la madre le pareció bien. El pescador la llevó hasta la desembocadura, en el lago. A esa altura el bote casi ni se movía, avanzaba suave sobre el espejo de agua y a ella fue quitándosele el miedo. Recién empezaba a amanecer.

El pescador armó su caña, dispuso los anzuelos, y empezó a trabajar. Ella se dio cuenta de que tenía frío y hambre, pero cuando preguntó si su madre les había preparado algo para desayunar, el pescador le chistó y le hizo una seña para que permaneciera en silencio. Ella preguntó si tenía algún abrigo de más en el bote. Él volvió a chistar.

–¿Usted es mi padre? –preguntó ella al fin.

El pescador se quedó mirándola y a ella se le dio por sonreír. Pero él dijo:

–No.

Y no volvieron a decirse nada.

La madre de la mujer de la camilla siempre quiso que su hija estudiara y se mudara a la ciudad. Le exigió que sacara buenas notas y se esmeró en repetirle que lo que no se esforzara de chica lo pagaría de grande, a un precio muy caro. La mujer de la camilla estudiaba. Hacía todo lo que la madre decía. El colegio quedaba a dos kilómetros de la casa y ella hacía el recorrido en bicicleta. Cuando estaba inundado le dictaban la tarea por teléfono. En el secundario aprendió mecanografía, inglés, algo de computación. Una tarde en que volvía a su casa rompió la cadena de la bicicleta. La mujer de la camilla se cayó al barro y se estropearon los cuadernos que llevaba en la canasta. Un chico que conducía una camioneta por la ruta la vio caer, la alcanzó y se bajó a ayudarla. Fue muy amable. Le juntó los cuadernos, que limpió con las mangas de su abrigo y se ofreció a llevarla hasta la casa. Cargaron la bicicleta en la caja de la camioneta. En el viaje hablaron un poco. Ella le contó lo que estaba estudiando, le dijo que estaba preparándose para mudarse a la ciudad. Él parecía interesado en todo lo que ella decía. Tenía una cadena dorada, muy fina, colgando del cuello con una cruz pequeña. A ella le pareció hermosa. Ella no creía en Dios, su madre tampoco, pero algo le hacía pensar que él podía caerle bien a su madre. Cuando llegaron lo invitó a pasar a cenar más tarde con ellas. Él pareció encantado, pero dijo:

—Es que salgo a trabajar en un rato. Soy pescador. —Sonrió—. ¿Puedo venir mañana?

Pero ni ella volvió a invitarlo ni su madre preguntó nunca por él.

Cuando la mujer de la camilla llegó a la ciudad tenía veinte años. Le gustó ver que las casas no se elevaban sobre estructuras de madera, eso descartaba las inundaciones y los pescadores. La ciudad le pareció además calurosa, y la mareó un poco durante los primeros días. Los domingos llamaba a su madre y le contaba algunas cosas de su semana. A veces mentía. No lo hacía con maldad, lo hacía más bien para distraerse. Le decía a la madre que había salido con nuevos amigos. O que había ido al cine. O que había comido algo muy rico en un restaurante del barrio. A la madre le encantaban estas historias, y a veces no podía esperar a cortar y repetirlas al teléfono para que la tía también se enterara.

La mujer de la camilla tenía algunos ahorros y se había anotado en un terciario. Pero los gastos de comida, alquiler y estudios eran muy altos y pronto tuvo que interrumpir la carrera y buscar un trabajo. Una tarde en que estaba comprando pan, la señora del almacén, con la que a veces conversaba de sus problemas, le dijo que tenía un trabajo para ella. Dijo que ganaría más dinero, y tendría tiempo para estudiar. La mujer de la camilla no era tonta. Sabía que el trabajo podía tratarse de algo desagradable que nadie más querría hacer, o algo peligroso. Pero dijo que, si no había ningún compromiso, le interesaría ver de qué se trataba.

La mujer del almacén la llevó en su coche hasta una avenida cercana, y se detuvo frente a un edificio de dos plantas con un cartel que decía «Instituto». Dentro había un pequeño tumulto de mujeres. Una de ellas, vestida con un uniforme color durazno que también decía «Instituto», pidió a las mujeres que se reorganizaran en una cola y las amenazó con no reservarles turno si permanecían fuera de la línea. Rápidamente las mujeres se ordenaron. Otra mujer de traje reconoció a la señora del almacén y se acercó de inmediato a ellas. Las hizo pasar a una sala contigua y le pidió a la mujer de la camilla que se arremangara los pantalones para poder ver los vellos de sus piernas. La mujer de la camilla pensó en un primer momento que no había entendido el pedido. Pero se lo repitieron. Entonces pensó que era ridículo, y que seguramente no era un trabajo para ella. Pero tampoco vio un peligro en mostrarle los pelos a la mujer de traje, así que se arremangó el pantalón, y mostró sus piernas. La mujer de traje se colocó los anteojos y estudió los pelos iluminándolos con una pequeña linterna que llevaba en el bolsillo. Revisó el tobillo, donde los pelos no eran tan fuertes todavía, y también la pantorrilla. Solo cuando pareció estar convencida de que funcionaría, explicó en que consistía el trabajo, los términos generales y el sueldo. La mujer de la camilla no supo qué decir. Porque el trabajo era simple y el sueldo aceptable. Su madre le había hablado tanto sobre las trampas de la ciudad, que se esforzó algunos segundos en entender dónde podía estar el peligro o la mentira. Pero todo siguió pareciéndole una gran oferta. Así que aceptó.

3

Cuando ya no quedan pelos las piernas se ven vivas y coloradas. La mujer de la camilla está inmóvil. Las seis mujeres parecen cansadas, pero satisfechas. Se apoyan finalmente en los respaldos de las sillas, suspiran, descansan las manos sobre el regazo. La asistenta junta las toallas de mano donde las mujeres fueron dejando los pelos. Antes de levantarlas, las pliega dos veces a la mitad, para evitar que los pelos se pierdan, y así mismo las deposita cuidadosamente en una bolsa, que una vez llena cierra con un nudo doble. Solo entonces ayuda a las mujeres a incorporarse, corriéndoles la silla, acomodándoles algunas veces los cuellos o las hombreras a las que han quedado desalineadas. Después toma la bolsa atada, con delicadeza, cuidando de no inclinarla, abre la puerta y acompaña a las mujeres hasta el cambiador. Cuando todas están dentro la asistenta regresa al pasillo y cierra tras de sí la puerta. A veces las mujeres comentan sobre el turno, se ríen, o se hacen preguntas sobre las veces anteriores. La asistenta las escucha hablar mientras baja las escaleras blancas. Sabe que debe guardar bien la bolsa antes de volver con la mujer de la camilla.

4

La asistenta nació en el campo, en una familia que vivía de siembras y viñedos. Tenían un casco de estancia rodeado de jardines y una pequeña fortuna. A la asistenta le gustaban los peces, y el padre, que casi nunca estaba en la casa, le mandaba libros enormes con ilustraciones a color de todos los peces del mundo. Ella se aprendía los nombres y los pintaba en su cuaderno. Le gustaba, de todos los peces, uno que se llamaba Olingiris. Tenía el cuerpo fino y chato, con la trompa larga en forma de tubo. Turquesa y amarillo. Los libros decían que era un pez delicado, porque solo comía pólipos de coral, y eso no podía encontrarse en cualquier sitio. Pidió uno, pero le explicaron que no podía tener peces en el campo. La asistenta le mostró a su madre un capítulo del libro que explicaba cómo instalar y mantener una pecera, pero la madre dijo que, aunque consiguieran la pecera y la comida adecuada, los peces se morirían de tristeza. La asistenta pensó que su padre tal vez no opinaría lo mismo, que podría mostrarle las fotos y él entendería. Pero cuando al fin él estuvo en la casa, ella no encontró el libro por ningún lado.

La asistenta tenía muchos hermanos, pero eran mayores y trabajaban con el padre, así que estaba casi todo el día sola. Cuando cumplió siete años empezó a ir a una escuela rural. Uno de los hombres que trabajaba para el padre pasaba a buscarla a las siete y media, la dejaba en el colegio a las ocho y volvía por ella a las doce. A la asistenta le costó adaptarse a ese nuevo ritmo. No le fue bien al principio. La madre contrató una profesora particular, y entonces la asistenta estudiaba por la mañana en el colegio y por la tarde en la casa. Como la profesora particular sabía del interés que la asistenta tenía por los peces, acotaba los ejercicios a esa temática. A veces le leía algo de poesía y una vez en que estudiaban puntuación le propuso que escribiera algunos versos. La asistenta hizo la prueba y la maestra particular pareció encantada con el resultado. Le dejó como tarea escribir una poesía con los nombres de sus peces preferidos. La asistenta despejó su escritorio y dejó en él solo unas hojas blancas, un lápiz y una goma de borrar. Escribió una poesía sobre peces, pero peces inventados, sobre lo que sentía a veces a la mañana, cuando recién se despertaba y a veces no sabía bien quién era, ni dónde estaba. Sobre las cosas que la hacían feliz, sobre las que no, y sobre su padre.

Una tarde la profesora particular le dijo a la asistenta que tenía una sorpresa para ella, y sacó de su bolso un paquete muy grande, del tamaño de una carpeta, o más, envuelto en papel regalo. Antes de permitirle abrirlo le hizo prometer a la asistenta que sería un secreto, y que nunca le contaría a nadie sobre el regalo. La asistenta asintió. Arrancó el papel y cuando vio de qué se trataba pensó que no le alcanzaría la vida para devolverle a la profesora particular algo del valor que ella le había regalado. Era el libro perdido de los peces y sus peceras. No el mismo libro, sino uno nuevo e idéntico.

A los doce años el nivel escolar de la asistenta había mejorado mucho, y su madre decidió que ya no era necesario que viniera la profesora particular. La asistenta la dibujó un tiempo entre sus peces. Hizo algunos de la profesora particular besando al Olingiris y otro de la profesora particular embarazada de un Olingiris. Escribió algunas poesías para que su madre enviara a la profesora particular, y su madre prometió hacerlas llegar, pero nunca tuvo respuesta.

Cuando la asistenta terminó el secundario empezó a administrar las finanzas del padre y a ocuparse de algunas cosas del campo. Ya no pintaba ni escribía, pero tenía sobre el escritorio un portarretrato con la foto del Olingiris, y a veces, cuando descansaba, lo levantaba para mirarlo detenidamente, y pensaba en qué estaría haciendo la profesora particular, y en cómo sería vivir como un Olingiris.

No se casó ni tuvo hijos. Dejó el campo cuando su madre tuvo los primeros síntomas de enfermedad, el mismo año en que la sequía acabó con los viñedos y la siembra. Decidieron que la asistenta viajaría con la madre a la capital, y vivirían en el departamento que el padre había comprado unos años antes. La asistenta llevó consigo el libro de los peces y las peceras que le había regalado la profesora. El departamento no era muy grande, pero alcanzaba para las dos. Tenía una ventana que daba a una calle por la que entraba algo de luz. Compraron una mesa y dos camas de pino, y la asistenta arrancó del libro algunas láminas y las pegó en las paredes a modo de cuadros. La asistenta aprendió a cocinar, a hacer las camas y a lavar la ropa. Encontró un trabajo en una tintorería. Una vez que la ropa estaba limpia había que colocarla en la máquina de vapor, cuidando que no quedase ninguna arruga. Bajar la tapa, esperar unos segundos, y repetir todo otra vez con el resto de la prenda. También había que doblarla y perfumarla. A veces había manchas difíciles y tenían que llevarlas atrás, al lavadero, para ponerles un producto especial. Cuando pasaba eso la asistenta elegía la primera pileta, y mientras esperaba los diez segundos que necesitaba el producto, se miraba en el espejo a los ojos.

Cuando la madre de la asistenta murió, la asistenta renunció al trabajo y, reorganizando el departamento, encontró entre la ropa de su madre el libro de los peces y las peceras, el original perdido. Vació la mesa de pino y abrió los dos libros en la primera página. Los releyó a la par, varias veces. Pensó que quizá podría encontrar una diferencia, porque a simple vista parecían iguales, pero ella recordaba al primero de otra manera. Era algo difícil de explicar, simplemente estaba segura de que tendría que haber una diferencia, pero no la encontró. Cerró los libros y se quedó un rato mirándolos. Ya no le serían necesarios, concluyó, y los guardó juntos debajo de la cama. Esperó en la casa varios días, sin madre y sin trabajo, sin saber muy bien qué hacer. Cuando se le acabó la comida y el dinero, salió a caminar por el barrio y encontró un aviso de búsqueda de personal en un edificio que decía «Instituto». El trabajo era simple, y pagaban bien. La tomaron de inmediato. Con el dinero de los primeros meses le alcanzó para pintar el departamento y comprar nuevos muebles. Tiró las láminas que tenía colgadas en las paredes. Salía por la mañana con su traje del instituto. Abría puertas, llenaba fichas, acompañaba a las mujeres hasta el cambiador, abría la sala, disponía los materiales, controlaba a la mujer de turno en la camilla, recolectaba los pelos, cerraba la bolsa, guardaba la bolsa bajo llave, despedía a las mujeres, le pagaba a la mujer de la camilla, apagaba las luces, cerraba con llave. En la casa ordenaba las compras, hacía la comida, comía frente al televisor, lavaba las cosas, se cepillaba los dientes, armaba la cama, y se acostaba a dormir. A veces se acababan las fichas y había que ir hasta la librería por más. O las mujeres de la camilla se movían y había que descontarles puntos del sueldo. O no conseguía lo que deseaba cenar y entonces se acostaba más temprano.

5

La asistenta fue hasta la recepción y vio por la vidriera que ya era de noche. Guardó la bolsa junto a otras tres bolsas idénticas, bajo la mesada de atención, y cerró el mueble con llave. Cuando la abriera al día siguiente ya no estarían ahí. Un encargado se las llevaría cuando ella ya no estuviera. En la ciudad, todo lo pudoroso se movía por las noches.

Bajaron las mujeres ya cambiadas y se despidieron antes de salir a la calle. Solo faltaba la mujer de la camilla, que debía de estar esperándola, ya lista, arriba. Subió, abrió de vuelta la sala y le sorprendió ver que la mujer de la camilla seguía desnuda. Estaba sentada, abrazada a sus rodillas, con la cabeza metida bajo los brazos. Le temblaba la espalda. Estaba llorando. Era la primera vez que esto pasaba y la asistenta no sabía muy bien qué hacer. Pensó en salir de la sala y volver unos minutos después, pero sacó el anotador, rehizo las cuentas en voz alta y le extendió a la mujer de la camilla el ticket con el dinero. Entonces la mujer de la camilla la miró, por primera vez. Y la asistenta tuvo un impulso, sintió su estómago contraerse apenas, mecánicamente, sus pulmones tomaron aire, sus labios se abrieron, su lengua suspendida en el aire, a la espera, como si fuese a preguntar algo a la mujer de la camilla. ¿Algo como qué? Eso fue lo que cerró su boca. ¿Si se encontraba bien? ¿Bien respecto a qué? No es que fuera a hacer la pregunta, aunque la distancia entre sus cuerpos era la adecuada y estaban solas en el edificio, solo era algo a paso lento en su cabeza. Pero fue la mujer de la camilla la que habló:

–¿Está usted bien?

La asistenta esperó. Quería ver qué pasaba, entender lo que pasaba, qué era exactamente lo que le estaban preguntando. Sintió algo fuerte en la garganta, un dolor punzante que le devolvió la imagen de los libros sobre la mesa de pino, las láminas de los dos Olingiris, uno junto al otro, y como si fuese una nueva oportunidad, buscó desesperada una diferencia, en los ojos, en las escamas, en las aletas, en los colores.

UN GRAN ESFUERZO

Él y su padre eran un animal amarillo, un mismo animal mirándose al espejo. El sueño se repetía. Se despertaba angustiado y cada vez le era más difícil volver a dormirse. Durante el día se sentía más rígido que de costumbre, más encorvado. Su mujer incluso le preguntó una vez si estaba bien, aunque después, cuando él intentó explicarse, ella pareció no querer saber demasiado. Entonces alguien le pasó el dato de la señora Linn. Podía ir con esa señora o con cualquier otra, había una en cada barrio. Lo importante, le dijeron mientras le anotaban el número en un papel, era no dejarse estar.

Hizo una visita, y volvió a verla una vez por semana. El alivio tras cada sesión lo ayudó a definir el malestar: desaparecían los nervios y la angustia que tiraba de la garganta hacia el estómago. El efecto duraba todo ese día con una plenitud comparable, según él, a la de caminar volando, y una paz residual quedaba en los días siguientes. Pero al final la rigidez siempre volvía.

En la quinta sesión contó el sueño, y la señora Linn aplicó aceite esencial de lavanda y abrió la ventana por completo. Él hundió la cabeza en el generoso agujero de la camilla y dejó a la señora Linn trabajar. Las manos, los codos y las rodillas eran la verdadera fortaleza de esa mujer, y solo a través de ellos se dejaba él influir. En la sexta sesión habló del padre, de esa primera vez que el padre se había ido de la casa y de la mujer policía que llamó para avisar. Lo habían encontrado caminando solo por la banquina de la autopista, un conductor llamó a emergencias de inmediato. Recuerda a su madre al teléfono y la voz de la mujer policía regañándola: ¿se daba cuenta de lo peligroso que era para todos que su marido se paseara solo por la autopista? Ahora alguien tenía que ir a buscarlo a la comisaría.

Su madre se puso la campera sobre el pijama y él y su hermana esperaron sentados en el living. «Si levantan el culo del sillón –les dijo la madre–, no más padre para nadie.»

Cuando la sesión terminaba, la señora Linn decía «Abra lentamente los ojos». Era agradable encontrar la luz tanto más tenue, y no lo inquietaba no saber en qué momento ella había cerrado las cortinas. En la octava sesión contó la siguiente vez que el padre había intentado dejarlos: su madre escribía la lista de las compras, su padre miraba atentamente los azulejos de la cocina, los amarillos.

–Sé que es extraño –le aclaró a la señora Linn–, pero estoy seguro de que solo miraba los amarillos. Amarillos como en mi sueño.

Temía que entre tantos pacientes la señora Linn olvidara los datos más pequeños, y quizá estaba ahí, en el amarillo, el detalle importante. Pero los dedos de la señora Linn subieron rápidamente por su espalda y él entendió cuán familiarizada estaba ella con este tipo de relatos, y confió en que él debía seguir adelante con el suyo, sin tantas aclaraciones.

–Mi padre se levantó y salió de la cocina –continuó él–, y fue la manera en que lo hizo, un poco más rígida de lo usual, lo que me puso en alerta. «¿Adónde vas? –le preguntó mi madre–. Te vas sin la lista de las compras.» Fue algo bastante violento, cómo ella metió el papel en el puño de él, como meter una carta demasiado grande en la boca de un buzón demasiado blando. Pero mi madre sabía lo que hacía: con un pedido en las manos, mi padre tendría que regresar.

–Inhale y exhale profundamente –le recordaba siempre la señora Linn–. Si quiere, puede cerrar los ojos.

A veces él levantaba la cabeza del agujero de la camilla para aclarar algo o tantear la mirada de la señora Linn. Pero ella hundía el codo en algún punto estratégico de su cuerpo, y enseguida lo devolvía a su sitio. Sus codos, sus puños y sus rodillas se acercaban siempre brillantes y humectados, ávidos por frotar. Sacudía los pomos de crema antes de abrirlos y estrujarlos. Decía que estaba bien que la crema se sintiera fría al primer contacto con el cuerpo, porque estimulaba la epidermis y activaba los músculos.

–Tengo miedo –dijo él en su novena sesión–, miedo de muchas cosas.

Se avergonzó enseguida. Hablaba sin pensar, quizá el contacto con la camilla lo relajaba demasiado.

–Afloje los brazos –dijo la señora Linn.

Quizá algo se había ablandado más de lo debido y ahora había cosas que él ya no podía controlar.

–Abra los puños.

La señora Linn humectó sus manos con más aceite y las estiró varias veces, como si practicara algún tipo de elongación.

Se sentía más dócil que de costumbre, estaba a punto de llorar y eso era algo muy vergonzoso. Pero respiró profundamente y se animó a seguir.

Su padre regresó a medianoche, casi doce horas después y debajo de un diluvio. Traía las compras en dos grandes bolsas, empapadas. En los últimos años de la primaria, las inminentes desapariciones de su padre lo atormentaban cada vez más, y no era solo por el dolor de sentirse abandonado. Era rencor. El rencor que ese padre torpe y débil, incapaz de alejarse definitivamente, iba inflando dentro de su pecho. Una dolorosa bola de aire que llevaba siempre con la boca cerrada porque, si el padre al fin lograba irse, la bola de aire sería todo lo que conservaría de él, y no estaba dispuesto a dejarla ir tan fácilmente.

En la novena sesión la señora Linn preguntó otra vez por el sueño. Seguía repitiéndose, aunque el tratamiento aliviara los síntomas. Él y su padre seguían siendo un animal amarillo, un mismo animal mirándose al espejo.

En la decimosegunda sesión él volvió a sentir necesario hacer algunas aclaraciones. Sus padres no se llevaban mal, ese no parecía ser el problema, tampoco había problemas económicos. A veces estas aclaraciones eran para sí mismo, pero igual incluía en voz alta a la señora Linn. Lo que fuera que sucediera sobre la camilla era un trabajo en equipo. Él decía lo que había que decir, y a cambio los codos de la señora Linn se hundían a cada lado de sus omóplatos, punzaban hacia dentro y hacia fuera, reconocían y calaban. Solo en una o dos ocasiones, por puro cansancio, él no dijo nada del padre en toda la sesión. Y la señora Linn lo amasó con más suavidad, pellizcándolo en las zonas lumbares unas pocas veces, sin emoción.

Su padre volvió a irse unos meses después de que él empezara la secundaria, y una tarde, al fin, logró no regresar. Durante un tiempo él estuvo pendiente, esperaba que la policía volviera a encontrarlo. ¿Llevaría encima su padre algún documento con su dirección? Su madre se acostumbró rápido a vivir sin él. Casi tres años más tarde, el teléfono sonó y era su padre. «Me siento muy solo», dijo su voz. «¿Dónde estás, papá? Voy a buscarte», dijo él, y como solo hubo silencio él intentó: «¿Estás hacia el oeste? ¿O tendría que tomar la autopista? ¿Estás cerca o estás lejos?». Esperó, pero el padre ya había cortado.

–¿Duele ahí? –preguntaba a veces la señora Linn, y sus manos rodeaban las zonas de dolor.

Pero, quizá porque era mejor así, casi nunca lo preguntaba cuando realmente dolía.

Más tarde su hermana se fue de la casa, y él unos años después. Él se fue un sábado, lo recuerda porque su padre volvió a la casa un miércoles. Él lo había esperado casi siete años, pero bastó que hiciera sus valijas y se fuera de la casa para que su padre, solo cuatro días después, tocara el timbre de la casa. Su madre dice que se asomó y lo vio saludarla desde la reja, y que durante unos cuantos días no supo muy bien qué hacer con él. Acordaron dormir en cuartos separados, y pronto volvieron a acostumbrarse el uno al otro. Cuando su hijo nació, el pasado quedó muy lejos de todos. Cenaban los domingos en familia y su padre le revolvía el pelo a su nieto con tanto cariño que él se preguntaba si no habría exagerado su dolor alrededor del padre. Al fin y al cabo, pensaba, quizá de eso se trataba la adolescencia: la invención de un par de eventos imperdonables que ayudan a dejar el hogar. Y así estaban las cosas todavía.

Unas semanas atrás, fue a ver a la señora Linn sin turno. Llevaba a su padre en el asiento del acompañante, en hermético silencio. Tenía que verla, y ella lo entendió en cuanto le avisaron que estaban los dos en la sala de espera. No tardó en hacerlo pasar, el padre esperó afuera.

La señora Linn le pidió que se sentara en la camilla y le contara qué había pasado. Él dijo que esa tarde estaba leyendo en la cocina cuando su hijo fue a buscarlo y lo arrastró hasta su cuarto. Había preparado una pequeña obra de títeres, le pidió que se sentara y que prestara atención. Su hijo se metió detrás de un improvisado telón y él lo adivinó haciendo un gran esfuerzo por colocarse bien el títere. Nunca había visto al chico tan serio. Y ahora la señora Linn tenía que tener paciencia, porque lo que pasó fue algo extraño, difícil de explicar.

La señora Linn asintió, pero se estiró hacia sus potes de crema y tomó uno antes de sentarse frente a la camilla.

El chico sacó un títere a escena y el títere abrió la boca blanca y enorme, y tembló sin cerrarla, como si estuviera gritando. Él estaba a solo un metro de ahí, tan alarmado como el títere. Pero lo que sucedió después, lo que sucedió después no había forma de explicárselo a la señora Linn. El chico escondió el títere tras el telón y volvió a sacarlo, volvió a hacerlo gritar y volvió a esconderlo. Lo hizo todo una y otra vez, hasta que él reconoció el dolor, entre la nuca y la garganta. El dolor que lo endurecía y lo aterraba en sus sueños, el dolor que lo ataba a su padre y a su propia imagen frente al espejo, el dolor amarillo.

La señora Linn sostenía su pote más grande de crema, y sin querer apretó demasiado y el perfume a almendras inundó la habitación.

–Sentí –dijo él, intentando entenderse a sí mismo–, la desmesurada necesidad de atención de mi hijo. Una necesidad insaciable, eso sentí. Una necesidad imposible de satisfacer.

La señora Linn dejó el pote de crema y estiró nerviosamente sus dedos, como elongándolos.

–Y ya no pude mirarlo, a mi hijo. Aparté la mirada.

Intentó concentrarse, pero sentía un leve mareo.

Entonces el chico dejó el títere y se asomó él mismo al escenario. Se escondía tras el telón unos segundos y volvía a aparecer. El dolor que le provocaba cada desaparición era algo brutal. Cada vez que el chico volvía a ocultarse tras el telón, un hilo invisible tiraba violentamente de él.

La señora Linn se llevó el pote de crema al pecho y por un momento sus codos sobresalieron hacia atrás, más dispuestos que nunca a hundirse y comprimir.

–Entendí que yo no podía vivir más con él, ni sin él. Era un gran error, lo que fuera que nos unía. Una tragedia en la que los dos fracasaríamos.

La señora Linn le dio el pote de crema y él lo sostuvo, y de alguna forma el pote lo ayudó a seguir.

Él intentó explicarse: no pudo sostenerle la mirada al chico. Buscó un punto fijo entre los juguetes de la habitación, un punto fijo que lo rescatara del pánico, y se aferró a un títere amarillo colgado un poco más allá, cerca de la ventana.

Los brazos de la señora Linn colgaban ahora rectos de sus hombros y los dedos se movían apenas, como si ensayaran en el aire alguna forma nueva de amasado.

–Así que fui a buscar a mi padre, y lo obligué a subir al coche. Tomé la autopista y conduje en silencio unos treinta kilómetros.

Por unos segundos los dedos de la señora Linn se detuvieron, como si hubieran perdido el hilo o no entendieran del todo lo que él acababa de decir, pero en cuanto él continuó, los dedos de la señora Linn lo siguieron.

Su padre no dijo nada en todo el trayecto, y cuando las luces de la ciudad empezaron a desaparecer, él paró el coche a un costado y le pidió que se bajara.

–Yo no podía irme de casa. Soy tan débil como lo fue mi padre. Pero sí hay algo que podía hacer, algo que podía cambiar las cosas a largo plazo.

Podía darle a su padre el empujón que toda su vida había

necesitado para dejarlos. Podía darle su perdón y su permiso. Podía sacrificarse y trastocar así esta cíclica tragedia: soltar un eslabón de la cadena para romper el círculo. Quizá así liberaría a su propio hijo del dolor de sus hijos, y a los hijos de su hijo del mismo dolor.

La señora Linn se inclinó hacia su estante y cambió rápidamente el pomo de crema.

Él bajó del coche y dio la vuelta para abrirle la puerta al padre. Lo que sintió en ese momento fue todo lo contrario al miedo, fue algo cercano a la locura pero con la certeza absoluta de estar dando el paso correcto. La angustia excitante de reconocer que lo que se está haciendo terminará cambiando algo importante. Liberar al padre era liberarlos a todos. Su padre siempre supo que tenía que irse. Ahora él estaba ahí para ayudarlo. Pero el padre no se movió.

–No se movió –dijo él–. Le dije que se bajara. Esperé. Se lo dije otra vez, de mala manera. Pero él ni siquiera pudo mirarme a los ojos.

Solo se hundió en el asiento, aterrorizado.

–¿Dónde está su padre? –preguntó la señora Linn–. Tráigalo.

Él la miró, miró a su señora Linn. Dudó un momento, intentando salir del halo de su relato, y un suave empujón en el hombro lo puso en marcha.

–Vamos, vaya a buscarlo.

Cuando regresó con su padre, la señora Linn había encendido sus dos vaporizadores de lavanda. Dio algunas vueltas alrededor del padre y del hijo, como si necesitara corroborar que fueran lo suficientemente parecidos. Después le indicó al padre que se sentara en la camilla. Tal vez el padre pensó que se trataba de otra cosa, porque, antes de entregarse por completo y dejar a la especialista trabajar, le hizo prometer al hijo que no le diría nada a su madre. Él le aseguró que no diría nada, y tuvo que explicarle que la cara iba en el agujero, y que no era doloroso.

A él, en cambio, la señora Linn le indicó que esperara sentado en la butaca, junto a la camilla. Pero estaba intranquilo y no se sentó, y antes de que pudiera darse cuenta, los codos, los puños y las rodillas de la señora Linn treparon por el padre como una gran araña en trance. Se hundieron y giraron sobre sus hombros, sus omóplatos, su columna y su coxis. Los puños comprimieron la cintura, la levantaron y la volvieron a soltar. El cuerpo entero de su padre se dejó amasar y reacomodar. Sobre la camilla, la señora Linn lo sostuvo por los hombros, arqueándolo más de lo que él hubiera pensado que podía arquearse a un padre. Hubo tirones, presiones y rotaciones. Los codos humectados se hundieron en las caderas y él, sin dejar nunca de mirar al padre, dejó caer su cuerpo, completamente relajado, en la butaca. Entonces la señora Linn, como si hubiese estado esperando exactamente ese momento, hundió una de sus rodillas en la columna de su padre. Fue un movimiento rápido y quirúrgico. Algo sonó en el cuerpo, tan fuerte que él mismo lo sintió en el suyo, tan fuerte que a él lo asustó el tirón, la corrección precisa y experta. Los tres se quedaron quietos unos segundos. Después, con el alivio, entendió que todo era una buena señal.

La señora Linn los despidió en la sala de espera. La recepcionista le hizo al padre una ficha y le dio una tarjeta.

Caminaron hasta el coche e hicieron el viaje de regreso en silencio. Pasaron la plaza y, frente al semáforo para cruzar la avenida, los dos se quedaron mirando el cruce peatonal. Había luces verdes, rojas y amarillas. Había un turno para cada calle, y en cada turno todos sabían qué hacer. Él esperó su señal, y su padre aceptó la espera. Cuando el amarillo cambió a verde, ya se sentían mucho mejor.